ullstein

Das Buch

Torsten Sträter ist der Ruhrgebiets-Rocker unter den Poetry-Slammern. Seine Geschichten sind von anarchischer Komik und so idyllisch wie der Ruhrschnellweg. Er kann auch sehr sanft sein. Will er aber nicht.

Grandiose Kurzgeschichten mitten aus dem Leben – von Oma Christels verhasstem Köter Struppi und Kleinkriegen mit türkischen Hotelmanagern, dem Versuch, einen Liebesbrief zu schreiben oder einer ordentlichen Bewerbung zum Hells Angel. Erzählt in vielen Stimmen und mit einem unerhörten Humor: ehrlich, hemmungslos, direkt.

Der Autor

Torsten Sträter, Jahrgang 1966, wohnhaft in Waltrop bei Dortmund, arbeitet in einer Möbelspedition, hilft in einer Buchhandlung aus und trägt seit 2008 auf Poetry Slams und in Solo-Shows selbstgeschriebene Texte vor. Geringste Zuschauerzahl: 9. Höchste Zuschauerzahl: über 4000.

Von Torsten Sträter ist in unserem Hause bereits erschienen:
Selbstbeherrschung umständehalber abzugeben

Torsten Sträter

Der David ist dem Goliath sein Tod

Ullstein

Besuchen Sie uns im Internet:
www.ullstein-taschenbuch.de

MIX
Papier aus verantwortungsvollen Quellen
FSC® C014496
FSC
www.fsc.org

Lizenzausgabe im Ullstein Taschenbuch
1. Auflage Dezember 2014
3. Auflage 2014

Umschlaggestaltung: ZERO Werbeagentur, München
Titelabbildung: © Guido Schröder (www.guidoschroeder.com)
Satz: Dörlemann Satz, Lemförde
Papier: Pamo Super von Arctic Paper Mochenwangen GmbH
Druck und Bindearbeiten: GGP Media GmbH, Pößneck
Printed in Germany
ISBN 978-3-548-37535-9

Teil 1: Früher

Nutze deine jungen Tage,
lerne zeitig klüger sein.
Auf des Glückes großer Waage
steht die Zunge selten ein.

Du musst steigen oder sinken,
du musst herrschen und gewinnen
oder dienen und verlieren,
leiden oder triumphieren,
Amboss oder Hammer sein!

Der Aufsatz

Früher, als ich jung war, hatten meine Freunde und ich prima Hobbys: ATARI spielen beispielsweise. Die erste Spielekonsole. Wir verbrachten ganze Wochenenden damit, vor dem Fernseher zu sitzen und Spiele zu zocken, in denen ein weißer Klotz einen weißen Klotz auf einen anderen weißen Klotz abschießt. Grafisch war das Ding nix.

Dann erschien ein Spiel, das so bahnbrechend daherkam wie jüngst die cineastische Dschungel-Schlumpf-Öko-Operette AVATAR: und zwar FROGGER.

Was für ein Bildersturm. Da ging man kaputt dran. Dass so etwas technisch möglich war. Man musste einen aus sechs grünen Klötzen bestehenden Frosch über eine rege befahrene Straße lotsen. Heutzutage sind wir, wie gesagt, optisch recht verwöhnt, AVATAR in 3-D, in 2-D oder, falls man stattdessen im Zoo war, in 0-D, Avatar als Comic, Computerspiel, Wurst mit Gesicht und Daumenkino. Damals jedoch: Frosch.

So hockten wir da und froggerten uns einen. Das waren Zeiten. Sie glänzten wie Gold.

Später dann verblasste der Hunger nach Computerspielen. Plötzlich fanden wir auch Sex gut.

Ärgerlicherweise brachte ich Sex stets in etwa 30 Sekunden hinter mich, konnte aber weiterhin stundenlang Frogger spielen. Heute ist es genau andersrum – was aber nix nützt, denn für eine Atari Konsole hat mein Fernseher keine passenden Anschlüsse, und für meinen Penis sieht's nicht besser aus.

Da stand man nun, Anfang der Achtziger, in der Blüte seiner Jahre, und wusste nichts mit sich anzufangen. Was tun?

Uwe, Andy, Achim Zander und ich gründeten eine Band. Die genaue Musikrichtung war nicht so klar herauszumeißeln, weil ich nicht singen konnte, Uwe nicht konnte und nicht wollte, Andy unbedingt den Synthesizer zu spielen gedachte und Achim zwar offizielles Mitglied war, aber nicht rausdurfte. Auch stand kein Name fest: Ich plädierte für DONT TELL ME ONE FROM THE HORSE, aber so weit kamen wir nicht, denn:

Die damalige Vorgehensweise, außerhalb der Schule mit Zander zu kommunizieren, war üblicherweise, zum Mehrparteienhaus zu marschieren, in dem Achim mit seinen Eltern wohnte, zu klingeln, dann zu warten, bis einem aufgedrückt wurde – und anschließend durchs Treppenhaus zu brüllen:

»KOMMT DER ACHIM RAUS?«

Achims Mutter schrie dann von oben herab durch den Flur:

»HABT IHR MAL GESEHEN, WAS DER WOHL AN HAUSAUFGABEN AUFHAT?«

Jou, dachte ich, das Gleiche wie wir: neun Seiten Physik, acht

Blöcke Bruchrechnen und ’n Aufsatz. Mach ich morgen früh im Bus.

Trotzdem schrie ich: »NEEE!«

»Neun Seiten Physik, acht Blöcke Bruchrechnen und ’n Aufsatz!«

»ECHT?«

»JAU!«

»Okay. Tschüss.«

Wir verließen das Treppenhaus und standen unschlüssig draußen. Andy stellte klar, dass wir Achim ungeachtet der Tatsache, dass er ja mal gar nix konnte und in der Band nur wie ein starrer Hanswurst herumstehe, trotzdem unbedingt brauchten. Es ging nicht ohne ihn. Wir wussten nicht, warum, aber wir wussten, dass das stimmte.

Also klingelte diesmal Andy.

Es wurde aufgedrückt.

Wir hörten Achims Mutter.

»WAT IS?«

»KOMMT DER ACHIM RAUS?«

»NEE! DAS HAB ICH DEM TORSTEN SCHON GESAGT, DASS DER HAUSAUFGABEN AUFHAT, UND NICHT ZU KNAPP!«

»Echt?«

»UND OB! NEUN SEITEN PHYSIK, ACHT BLÖCKE BRUCHRECHNEN UND ’N AUFSATZ!«

»Boah«, rief Andy.

»Was boah?«

»Nix. Tschüss.«

Andy kam raus. »Sieht scheiße aus«, sagte er.

»Weil ihr doof seid«, sagte Uwe. »Nicht überzeugend genug. Passt auf.«

Hui, dachte ich, aber stimmt schon: Wenn das einer schaffte, dann ja wohl Uwe.

Er bekam das meiste Taschengeld, hatte eine Gürtelschnalle, die zwei Kilo wog und einen verzinkten Adler mit ausgebreiteten Schwingen zeigte, und er hatte zwei hässliche Löcher im Bauch, die einfach nicht zuheilten, weil diese Schwingen ziemlich spitz waren. Außerdem sammelte und las er exzessiv Comics, vorzugsweise X-MEN und die FANTASTISCHEN VIER, weswegen er, wenn er auf dem Schulhof blöd angemacht wurde, auch nicht mit »Ey, pass bloß auf, du Arsch« konterte, sondern Formulierungen fabrizierte wie: »Nun werde ich dich zerquetschen, Unhold!«

Uwe klingelte. Er war völlig ruhig.

Das sah man, weil das Glöckchen an seiner Palomino-Jeans nicht bimmelte. Teufelskerl.

Die Tür wurde aufgedrückt.

Augenblicklich kam von oben:

»WER KLINGELT HIER DAUERND, VERDAMMTE SCHEISSE?«

Uwe blähte die Backen auf, streckte den Rücken durch und schrie ohrenbetäubend:

»KOMMT DER ZANDER RAUS?«

Das war vielleicht ein bisschen leger formuliert, dachte ich.

Drei Sekunden Stille.

Dann hörten wir: »UND OB!«

Den schweren Schritten nach, die da aus dem vierten Stock zu uns runterpolterten, fühlte sich Achims Vater angesprochen. Das war irgendwie nett, wenn man bedachte, dass er Nachtschicht gehabt hatte.

Uwe wurde ziemlich fahl. Aber Rückzug war keine Option.

Andy murmelte absolut entspannt, fast meditativ: »Ich glaub, ich piss mir in die Hose.«

Dann war Rübezahl unten angekommen. Er ergriff Uwe am T-Shirt: »WISST IHR KLEINEN ÄRSCHE, WAS NACHTSCHICHT BEDEUTET? WISST IHR, WAS DAS HEISST? SCHLAF?«

Uwe sagte: »Kommt der Achim raus?«

»GLEICH HAT DER ARSCH KIRMES!«

»Der Achim«, hakte Uwe nach, »kommt der raus?«

Eine Stimme von oben: »DER HAT NEUN SEITEN PHYSIK, ACHT BLÖCKE BRUCHRECHNEN UND 'N AUFSATZ AUF!«

»Echt?«

»Jou!«

»Kann der sich bei dem Gebrülle überhaupt konzentrieren?«

»JETZT KLATSCH ICH DIR 'N PAAR!«, dröhnte Achims Vater.

Uwe erwiderte: »Dafür zahlst du einen hohen Preis, Narr.«

Superman, dachte ich, als Uwe zu fliegen anfing, dann Spiderman, als er gegen die Postkästen klatschte, aber er blieb nicht kleben, also passte das auch nicht.

Doch Uwe sollte Recht behalten. Ein Nachbar rief die Polizei, eine Anzeige wurde gefertigt, eine Einigung erzielt und der Narr zahlte einen hohen Preis, zumindest genug für eine Wandergitarre.

Die konnte zwar keiner spielen, und aus der Band wurde nichts, weil wir kompositorisch nicht die angestrebte Symbiose aus ABBA und KISS hinkriegten oder, präzise gesagt, überhaupt irgendwas, und auch Andys Vorschlag, so oft zu klingeln, bis wir ein Saxofon zusammenhatten, wurde abgelehnt, aber unterm Strich war's keine üble Ausbeute, da hatten wir alle was davon: Achim neun Seiten Physik, Uwe 'n Bruch und ich 'n Aufsatz.

Mein erstes Mal

Ich bin ja der Letzte, der nicht gern berichten würde, dass sein erstes Mal so malerisch war wie in Peter Maffays Lied *Und es war Sommer.*

Ich war elf und sie war 86
und von der Liebe wusste ich nicht viel,
sie wusste alles und sie ließ mich spüren,
ich war kein Kind mehr.

Das kann man gut singen, aber im Ruhrgebiet formuliert man das stark verknappt: Auf einem alten Fahrrad lernt man radeln.

Na schön, das klingt jetzt vielleicht alles ein bisschen unappetitlich, ist aber immer noch besser, als es damals wirklich war.

Nämlich so:

Mitte der Achtziger. Eine üble Dekade. Ruhrgebietstypisch verkürzt: schön bunt. Aber ohne das schön.

Ich ging mit Ute.

Wurde mir gesagt. Man erfuhr so was ja nie direkt. Mit jemandem zu gehen hatte damals die Komplexität der Übernahme einer Bananenrepublik durch separatistische Kontramilizen. Irgendwas änderte sich, aber man kam nicht sofort drauf, was eigentlich.

Es war kompliziert.

Experimentierfreude war Utes Credo und meins auch; allerdings bezog sich das bei mir eher darauf, wie weit man ein Moped frisieren konnte, ohne dass dem gemeinen Bürger der Kitt aus der Brille fiel, denn schneller hieß bei Mopeds lauter, und wenn man mit einem auf 25 km/h zugelassenen Moped knapp 80 fahren wollte, krepierten alle Dackel entlang der Straße, wenn man vorbeiraste. Ein gespenstischer Anblick, diese Horden toter, wurstförmiger Hunde auf dem Trottoir, aber bei dem Tempo bekam man ja nicht viel davon mit, gottlob.

Ich schweife ab. Sie galt also als experimentierfreudig. Die vulgären Vertreter unter meinen Freunden sagten »Ute, voll die Stute«, die kultivierteren »Ute ist 'ne Gute«, und ich nickte immer fachmännisch und wusste nicht, was geht.

Wir waren so fünf Wochen zusammen, Ute und ich, und alle Parameter stimmten: In den Achtzigern lief es immer wie folgt: Hallo, Hallo, Minigolf, Baggersee, Kino, Zungenkuss, Baggersee, Brust, Kino, Brust, sechs Stunden am Autoscooter stehen, Schluss machen, Briefchen schreiben, wieder miteinander gehen, langer Zungenkuss, eingerissene Mundwinkel, Fahrradtour, Petting, Petting, Autoscooter, Jugendzimmer, Teelichter, Dreams are my Reality, Brust, Brust, Penis, Showtime.

Könnte man gut zu Billy Joels *We didn't start the Fire* singen.

Und dann: das erste Mal.

Ich ahnte da vorab schon was und hatte in meinem Zimmer alle Koordinaten auf geschmeidig gestellt:

Boxershorts an, sauber, geduscht, Zähne gekärchert, prähistorische Kuschelrock-Kassette auf endlos umdrehen justiert, Kerzen an, ALLE SPIDERMAN-Comics in den Keller, Kleiderschrank zu, abgeschlossen und zusätzlich verklebt, damit das Ding nicht zwischendurch aufplatzte, um drei Zentner lila Netz-Achselshirts in den Raum zu kotzen, Knight-Rider-Bettwäsche raus, schwarze Satin-Wäsche drauf, diese rutschige Scheiße, dann ruhig atmen, Ding-Dong, da ist sie, jetzt aber, führ sie rein, Blödmann – und vor allem tu so, als würde dein Zimmer IMMER wie ein Puff aussehen und nicht nur heute.

Man kennt das.

Beginnen wir.

Hier die Schilderung meines ersten Mals.

In Echtzeit.

Ute kommt rein. Obwohl es hier aussieht wie im Beschälerzelt von Dschingis Khan, sagt sie: »Hübsch.«

Sie trägt einen Rock. Gut.

Sie trägt eine Korsage. Gut.

Läuft.

Wir knutschen. Ihr Labello schmeckt nach etwas, von dem ein

Chemotechniker meint, man dürfe es ruhig Erdbeere nennen, so genau müsse man da nicht sein. Ute schmiert mir bis zur Stirn alles mit rosa Lippenbalsam zu. Korsage, denke ich. Beim Knutschen lange ich folgerichtig nach hinten, weg damit, Zeit, hier mal klare Sicht zu schaffen, und meine Finger finden drollige Dinge vor.

Etwa 7000 Haken und Ösen. Ganz offensichtlich gehe ich seit fünf Wochen mit RoboCop.

Ich ermahne mich, zum rechten Zeitpunkt die »Drei Fragen« zu stellen.

Bist du noch Jungfrau?

Ist es so gut?

War es für dich so schön wie für mich?

Das sind die Fragen, die sein müssen. Standard. Ist wie bei Western, wo einer angeschossen im Sand liegt und sagt: »Geht ohne mich weiter, ich bin nur Ballast für euch, ohne mich kommt ihr schneller voran.« Es wird erwartet, man macht das so. Punkt.

Ute greift nach hinten, es klickt 5000 Mal leise, die Korsage fällt von ihr ab. Darunter: ein trägerloser BH. Hört das noch mal auf?

Sie lächelt mich an und ich denke, komm, mehr als zwei Haken können dat nicht sein, gib alles, Zauberwürfel ist schwieriger, los jetzt.

Ein Blick nach unten. Steht. Sieht ordentlich aus. Da könnte man mit der Wasserwaage drangehen.

Ich frage raunend Punkt 1 ab: »Ute ... Bist du noch Jungfrau?«

Sie lacht so blöd, als hätte ich gefragt: »Ute, ist der Mond aus Käse?«

Nicht, denke ich. Eher nicht.

Scheiße. Da kann ich ja ergänzend zu »Ute ist ’ne Stute« und »Ute ist ’ne Gute« direkt »Kein Geblute bei Ute« hinterherschieben. Das muss man jetzt pragmatisch sehen, Metzgerniveau, schmerzarme Veranstaltung, passt schon.

Ute raunt: »Was ist mit Verhütung?«

Ich raune: »Ich pass auf.«

Ute raunt: »Das ist zu unsicher.«

Ich raune: »Das ist doch jetzt total hirnrissig. Wie kann aufpassen unsicher sein? Meinst du, Mütter sagen zu ihren Kindern: Wenn du zur Schule gehst, pass bloß nicht auf, sonst überfährt dich ein Bus, ist sicherer, oder was?«

Ute raunt: »Ich habe Kondome.«

Ach du Kacke, denke ich, wie ging das nochmal, und stelle gleich darauf fest: Das hab ich nicht gedacht, das hab ich geraunt.

Ute: »Was?«

Ich: »Nix. Voll knorke.«

Ute: »Warte, ich mach das.« Ihre Stimme klingt dabei so verführerisch, als würde sie bei Carglass eine Seitenscheibe einbauen. Sollte man das nicht ins Vorspiel integrieren, verdammt?

Ich höre Folie reißen, dann wird mir der Penis tapeziert.

Fühlt sich soweit ganz okay an. Passt leidlich, hat vorne Luft, aber kneift unten etwas, muss ich wohl ’n paar Tage eintragen.

Ich sehe an mir herab und rufe: »POTZBLITZ!« Kann auch sein, dass es »HILFE«, »Mutti« oder »Hilfe, Mutti« war.

Was ich damals rief, hat der Sand der Zeit verschlungen. Gut so.

Was ich sah, weiß ich heute noch, nämlich: nichts.

»Mein Pillemann ist weg.« Ich sagte das recht laut.

Ute hielt mir zur Klärung die Folie des Kondoms hin. Im Restlicht der Kerzen las ich mühsam: Fromms, 1 Präservativ, Farbe: Schwarz.

Das ist das Letzte, denke ich. Bisher fand ich ja, der beschissenste Spezialeffekt sei immer gewesen, wie Fantômas sich die Masken abnimmt, erst sieht man den Schauspieler, der jetzt gerade Fantômas mit der Maske dieses Schauspielers sein soll, dann Schnitt, und Fantômas hat das Gummigelumpe in der Hand – aber nun gab's einen neuen Spitzenreiter: der unsichtbare Lümmel. Mein Schwanz ist selbst Fantômas. Schwarze Gummis. Was für ein Bullshit.

Zehn Sekunden später. Ich arbeite hart, versuche Fantômas zu justieren und unterzubringen, aha, Widerstand, aber zwecklos, na bitte, rrrrrr, das kommt ja mal prima, holla die Waldfee ... Und dann kam das Finsterste, das ich je hörte. Das gilt immer noch, auch jetzt, 500 Jahre später.

Ute flüstert: »Bist du schon drin?«

»Watt?«

»Bist du schon drin?«

»Hör mal«, sage ich. »Bist du lokal betäubt oder wie? Mein bestes Stück ist zwar heute angezogen wie eine Luftpumpe, aber ich würde mal sagen, so unter uns, verflucht, ja, doch, ICH BIN DANN MAL DRIN!«

»Aha«, sagt Ute.

»Was heißt hier aha? Wer ist denn dein Ex? Godzilla?«

Ute küsst mich und ich kann mir Frage zwei: »Ist es gut so?« sparen. Hätte ich eh gemacht.

In dem Moment macht der Kassettenrekorder SCHRUNG, zeitgleich explodiert es aus mir raus. Neue Kassettenseite. Musiktitel: Elton John. I'm still standing. Von wegen. Ich blicke wortlos auf Ute herab.

Frage drei, »War's für dich so schön wie für mich?«, beantworte ich mir lieber selbst, und zwar mit: bestimmt. Sicher doch. Nach einer Minute schmeißt mich Ute runter und steht auf.

»Du«, sagt Ute, während sie die Rüstung wieder anlegt, »das mit uns, also, dass wir miteinander gehen ...«

Ich blicke auf und sage: »Jaja. Lass mich einfach hier liegen, ich bin nur Ballast für dich, ohne mich kommst du schneller voran.«

Das war's dann auch. Mein erstes Mal.

Über die Jahre bin ich dann besser geworden. Man könnte sogar sagen: ganz gut. Zwar war's auch mal schäbig zwischendurch, aber es wurde nie wieder so übel wie an jenem Abend damals, als mein Penis zur dunklen Seite der Macht wechselte.

Nusspli für Sinatra

»Ich habe die perfekte Frau gefunden – sie ist taubstumm, sexbesessen und betreibt einen Schnapsladen.«

Frank Sinatra

Ich bin nun vierundvierzig, war aber früher jünger. Trotzdem war ich schon immer immun gegen Musik, wie sie von Dieter Bohlens Klonkriegern gemacht wird.

Ohnehin wähne ich mich eher in den Gefilden zeitloser Musik, selbst Klassik, obwohl ich mit Woody Allen konform gehe, der mal behauptete, er verspüre beim Genuss von Richard Wagners Kompositionen stets das Verlangen, in Polen einzumarschieren.

Mein Faible gilt dem größten Sänger, Trinker und Journalistenverprügler in der Geschichte der Musik: Francis Albert Sinatra, von Uneingeweihten wie Studiobossen, der Mafia und der eigenen Familie lediglich Frank genannt. Früh auf den Brettern amerikanischer Bars und Klubs zu finden, machte er bereits mit

19 seinen Weg, wurde Vorzeigesänger einer kleinen Big Band und erwuchs schließlich zum jungen Womanizer; in New York standen Schlangen von heranwachsenden Mädchen vor der Radio City Music Hall, und manche dieser Schlangen waren kilometerlang. Wenn er dann sang, die Stimme benutzend, als werfe er geschmolzene Schokolade in die ersten Sitzreihen, flog vereinzelt Unterwäsche zurück. In den Dreißigerjahren war diese meist aus klobiger Wolle gefertigt, was ein gelegentliches Ausweichen Sinatras erforderlich machte, aber die Magie war da – und sie blieb sechs Jahrzehnte.

Meinen ersten bewussten Kontakt mit dem Werk Frank Sinatras hatte ich Mitte der Achtziger. Ich kaufte, von den Halligallikapellen aus Großbritannien und Frank Farians x-ter Boney-M-Exhumierung genervt, eine Kassette, die lediglich SINATRA hieß und dessen Hülle den Mann höchstselbst zeigte, wie er nachdenklich vor einem Mikrophon hockte, das so antik wirkte, dass ich mich genötigt sehe, Mikrophon mit »ph« zu schreiben.

Das Besondere war, wie Sinatra die Songs intonierte: Wo Peggy March *Downtown* gezwitschert hatte, als würde ein Gang in die Unterstadt mit anschließendem Spaziergang am Hafen Hodenkrebs heilen, setzte Sinatra auf eine etwas andere Darbietung. Bei ihm klang Downtown nach »Ab in die Stadt, sauf dich zu oder rutsch mir den Buckel runter, du Saftsack«.

So oder so: Ich wurde zum Fan. Ich kaufte alles, was mir in die Finger kam, inklusive einer Sinatra-Büste aus Holz, die aussah, als wäre sie aus angemaltem Styropor, und einer Replik der Goldenen Schallplatte für *My Way* – die selbst als Nachbildung eine Fälschung war, denn Sinatra hat für diesen Song keine Goldene Schallplatte bekommen. Trotzdem ist *My Way* der beste Titel, um beispielsweise stilvoll dem Erdreich überantwortet zu werden. Zumindest passender als *I will survive*.

Sinatra, der in den Sechzigern im Sands in Las Vegas mit einer Attitüde auftrat, als bestehe das Publikum eigentlich nur aus Pennern, die wie durch ein Wunder in sein Wohnzimmer gefunden hatten, begann in den Neunzigern mit einer ausgedehnten Tournee über den Planeten, in deren Verlauf er dann doch ein gewisses Interesse für zahlende Fans an den Tag legte. Im Dezember 1993, so die Plakate an der Litfaßsäule meines Vertrauens, würde der Weg Sinatras nach Dortmund führen, und zwar im Alter von 78 Jahren.

Auf meiner To-do-Liste des Lebens, also den Dingen, die es für einen Mann zu tun gibt, bevor er stirbt, standen viele, viele Punkte. Sinatra live zu sehen, koste es, was es wolle, rangierte auf den oberen Rängen, eingepfercht zwischen »Haare wachsen lassen, dann beim Friseur eine Dauerwelle in Auftrag geben, die man direkt vor Ort abrasieren lässt, um die Angestellten zu schocken« und »Ein Kind in die Welt setzen, wobei man einen Jungen Luke Skywalker und ein eventuelles Mädchen Barbarella nennt«.

Apropos Barbarella: Auf der Liste waren noch einige Punkte, zum Beispiel »Mit Jane Fonda schlafen«, aber dieser Punkt stammte noch aus den Siebzigern und rutschte über die Jahre immer weiter nach unten, bis er noch hinter »Öfter feuchtes Toilettenpapier benutzen« landete. Egal. Sinatra live war ab sofort Platz 1.

Das Plakat noch auf der Netzhaut, rannte ich zum Kartenverkaufsschalter in der Innenstadt; vielleicht ein bisschen übertrieben, wenn man bedenkt, dass wir Februar hatten, aber ich wollte kein Risiko eingehen. Der Schalter befand sich in einer wundervoll gestalteten Passage, die früher auch einen ehrwürdigen Buchladen beherbergt hatte, welcher allerdings mittlerweile von H&M verschlungen worden ist. Das leuchtet natürlich ein. Bücher gibt es sowieso auf jedem lausigen Flohmarkt, zumeist in gutem Zustand – aber Jeans, die aussehen, als kämen sie von einem lausigen Flohmarkt, bietet nur H&M mit einer Selbstverständlichkeit an, die neu und aufregend, wenngleich vollkommen für den Arsch ist.

Der Vorverkaufsschalter war ein viereckiges Loch und bot gerade eben Platz für eine Person, einen Locher und eine Handvoll Musicalflyer.

Die Dame des Lochs war ganz gepuderter Gleichmut, vielleicht Mitte fünfzig; sie strickte nicht, aber ihr Blick war verschleiert, so als würde sie gleich damit beginnen. Sie hob den Kopf.

»Westernhagen«, sagte sie mit Kennermiene.

»Blödsinn«, erwiderte ich.

Ihr Blick, nun weniger verschleiert, tastete in meinem Gesicht, um meine Mimik nach einer Band oder einem Solokünstler abzusuchen. Es schien eine Art Hobby zu sein; vielleicht hielt sie es auch für Menschenkenntnis.

Ich wartete, kam ihr aber dann zu Hilfe.

»Sinatra, zweimal. Gute Plätze.«

»Wer?«, fragte sie.

Ich legte den Kopf schräg und dachte: Sie veralbert dich, gefolgt von dem Gedanken, dass sie die letzten vierzig Jahre etwas anderes getan haben könnte als Radio zu hören, Zeitschriften zu lesen, ins Kino zu gehen, TV zu schauen oder sonst irgendwie am Leben teilzunehmen. Gleichzeitig gestand ich ihr gütig zu, vielleicht nicht jeden japanischen Godzillafilm gesehen zu haben oder Studioalben von Ostblocksuppenwürfelmachenkrebs zu sammeln. Ich gestattete ihr sogar in aller Stille, die meisten *Miami-Vice*-Folgen nicht zu kennen, auch oder vor allem, da Sinatra in einer mitgespielt hatte, aber verdammt! Sie mochte Ricardo Tubbs nicht kennen, aber doch Corega Tabs und somit, zeitbedingt, wohl auch Frank Sinatra. Das war nicht zu viel verlangt.

Dann hörte ich bei ihr den Groschen fallen.

»Frank Sinatra?«, fragte sie.

Nicht doch – Horst Sinatra, dachte ich. Panflötenspieler aus Wattenscheid.

»In der Tat. Frank Sinatra. Nebst Orchester. Westfalenhalle. Dortmund.«

Sie öffnete einen schmalen Katalog und fuhr mit dem Finger dicht geschriebene Zeilen ab.

»Da«, sagte sie desinteressiert. »Tatsache. Frank Sinatra und Band. Das sind aber noch ein paar Monate. Ende des Jahres.« Dann fügte sie gedankenverloren hinzu: »Erst im Winter. So lange noch. Winter. Sinatra ist doch ziemlich alt.«

»Dieses Risiko gehe ich ein«, entgegnete ich. »Wenn er vorher verstirbt, nehm ich Karten für die Gipsy Kings, in Gottes Namen. Gibt es schon Tickets?«

»Noch nicht. Nein.«

Ich erkundigte mich nach dem Preis. Ihr Finger bereiste erneut die Zeilen.

»Die liegen so bei …« Ihre Augen verengten sich zu so verschlagenen Schlitzen, dass ich mir fast sicher war, dass sie sehr wohl jeden Godzillafilm gesehen hatte. »… 280 DM.«

»Und wenn er nicht bei mir zu Hause singt?«

Sie ignorierte den kleinen Scherz.

»Damit geht's erst los. Wenn Sie vorn sitzen möchten, haben wir 310, 340 und 365 DM.«

»Wie bitte?«, sagte ich. »Sinatra ist der größte Entertainer des Jahrtausends, wenn wir Attila den Hunnenkönig mal außen vor lassen. Keine Frage. *Ol' Man River*, *My Way*, das *Rat Pack*, der Oscar für *Verdammt in alle Ewigkeit*, ein paar Hundert Affären, 1800 Aufnahmen, der Auftritt bei Al Bundy … aber 365 Mark gehen einen Tick zu weit. Für das Geld kann ich wohl erwarten, dass er mir auf der Bühne seinen Arm um die Schultern legt. Schauen Sie noch mal nach. Vielleicht stimmt die Währung nicht.«

Die Währung stimmte. Ich musste mir etwas einfallen lassen.

Winter.

Nutella war gestrichen worden, und zwar nicht aufs Brötchen, sondern von meinem Speiseplan. Ich hatte mich bis tief in den Herbst mit einem Ersatzstoff beschieden, der weder so schmeckte wie das Original noch dessen bestechende Optik aufwies, aber 45 Prozent günstiger war. *Nusspli*, der *Daihatsu Cuore* unter den Brotaufstrichen, verlangte mir wirklich einiges ab, aber ich tröstete mich mit dem Gedanken an das Konzert.

Ich war auch nicht mehr in reguläre, teure Theatervorstellungen gegangen, sondern lediglich in die preislich günstigere Generalprobe – was ich im Übrigen jedermann ans Herz legen möchte. *My Fair Lady* kommt nochmal so gut, wenn Eliza Doolittle mitten in *Es grünt so grün* über einen nachlässig montierten Stuhl stürzt und »SCHEISSDRECK!« brüllt. Dies wird dann in der Regel nur noch durch den darauffolgenden Auftritt eines Mannes mit Akkuschrauber gekrönt, der versucht unsichtbar zu sein, während er in seinem Blaumann nach einer Schlitzschraube sucht.

Jedenfalls sparte ich an allen Ecken und Enden. Ich benötigte ohnehin nur eine Konzertkarte; die Fronten zwischen meiner Freundin und mir hatten sich über den Sommer soweit verhärtet, dass ich gezwungen war, mir in meiner eigenen Wohnung Simply Red und ihr Gemecker über minderwertigen Nussnugataufstrich anzuhören. Sie hätte mich vielleicht trotzdem zum Konzert begleitet, aber ein gemurmeltes »Dir zuliebe« mit Opfermiene für 365 Mark wollte ich nicht provozieren.

Ich suchte den Schalter in der Passage erneut auf.

Statt der älteren Dame saß dort nun eine bedeutend jüngere. Sie trug einen Rolli, der sie ebenso einengte wie ihr Arbeitsplatz, und rauchte sich mit Mentholzigaretten eine Nebelbank zusammen. Ich wartete auf mein »Westernhagen«, wurde stattdessen aber wie ein Mensch begrüßt.

»Gibt es noch Karten für Sinatra?«

Einen entsetzlichen Moment lang dachte ich, sie würde verneinen. Tut mir leid, die waren schon im März ausverkauft. Gestern gab's noch vierzig VIP-Tickets, aber die hat jetzt alle Westernhagen.

»Allerdings«, erwiderte sie jedoch. »Welche Kategorie?«

»Die Königsklasse«, sagte ich. »Den besten Platz, den Sie haben.«

Sie zog die Stirn in Falten.

»Ich habe etwa 400 gute Plätze.«

Das konnte unmöglich sein. Was lief hier für ein Kokolores?

»Wo ist eigentlich Ihre Kollegin?«

»Welche?«

»Die, die fast strickt.«

»Wer?«, fragte sie.

Ich produzierte eine wegwerfende Handbewegung.

»Ihre Kollegin. Etwas älter.«

»Ach so«, sagte sie. »Krankenhaus.«

Erzähl du mir noch mal einen von Winter, dachte ich und zählte das Geld ab.

Mein Kleiderschrank offenbarte Unerfreuliches. Eingedenk des Plakatmotivs, welches das Konzert ankündigte, konnte ich kaum in Jeans und Motto-T-Shirt aufkreuzen, nicht mal, wenn das Motto »Verzeihung, aber das Atelier meines Maßschneiders ist explodiert« gewesen wäre.

Denn Sinatra war der Stilgott: Überlebensgroß und sanft von hinten beleuchtet, zeigte er sich auf den Plakaten von seiner besten Seite: Graues Toupet über lächelnden Jacketkronen im Wert eines Hubschraubers, darunter verschränkte Arme, die in den Ärmeln eines Smokings steckten, der so gut saß, als handele es sich bei dem Kleidungsstück um eine Airbrusharbeit. Frank Sinatra, jenseits jedes menschlichen Rentenalters, sah nicht eben aus wie ein Mann, der in ausgeleierten Shorts vor einem Großbildfernseher mit Grünstich hockte, der guten alten Zeit nachtrauerte und von seinem Diät-Martini aufstieß. Auf diesem Poster wirkte er wie eine Mischung aus einem durch seine Auferstehung erheiterten Tutenchamun, dem Sechs-Millionen-Dollar-Mann und Gott, wenn der Himmel ein Puff gewesen wäre. Das Poster war riesig, und Sinatra wirkte darauf ebenso gigantisch. Man kam nicht umhin, ihn sich als vier Meter große Lichtgestalt vorzustellen, deren Schritte in Lackschuhen von Gucci den Bühnenboden erbeben lassen würden. Kurz gesagt: Mit seinen verschränkten Armen sah er aus wie ein Türsteher und ich hörte förmlich sein »Vergiss die popeligen 365 Mark – mit der Hose kommst du hier nicht rein, Sportsfreund«. Ich würde in der ersten Reihe sitzen. Jeans waren definitiv gestorben.

Meine Freundin mied mich, während ich den Kleiderschrank durchwühlte. Der Schrank, vier Meter breit, war in zwei Bereiche abgeteilt: Die drei Meter sechzig der linken Seite beherbergten den Fundus der Königin von Saba, für die meine Freundin sich offenbar hielt; sie bevorzugte witzlose Jeans von Esprit, von der eine der anderen aufs Haar glich, und Kostüme mit wuchtigen Schulterpolstern. Sie hatte ein Püppchengesicht, aber wenn sie im Kostüm einen Schatten warf, sah der aus, als gehöre er zu George Foreman.

Die restlichen vierzig Zentimeter Schrank gehörten mir. Es war zum Haareraufen: Alles, was im Dunkel des Schranks schwarz wirkte, erwies sich bei Tageslicht als dunkelgrau oder ehemals weiß bzw. ecru, ein gebrochenes Beige, in den Neunzigern schwer in Mode, für mich aber seit jeher die Geschlechtskrankheit unter den Farben.

Letztlich fand ich doch noch meinen guten Cordanzug. Er hatte im Laden schwarz gewirkt, auf der Straße graublau und in Neonlicht grünlich, aber da ich damit nicht in den Kernspintomografen wollte, würde es wohl gehen.

Ich stand zu Sinatra, ich stand dazu, dieses Konzert der Konzerte zu besuchen, und schon der Gedanke an die ersten Takte des Orchesters beschleunigte meinen Puls. Trotzdem lag mir daran, meiner Freundin in dieser heißen Phase vor dem Event nicht vor die Flinte zu laufen: Ein Blick aus ihren Augen gab mir neuerdings das Gefühl, im Zeitraffer zu altern. Wir prallten in der Küche aufeinander.

»Na«, sagte ich.

»Na.«

Schweigen.

»Ich bin dann heute Abend nicht da.«

»Ich bin keineswegs so dement wie du. Hab ich behalten.«

»Ich bin nicht dement«, erwiderte ich. »Ich gehe auf ein Sinatra-Konzert.«

»Das ist vermutlich erst der Anfang«, sagte sie düster, den Blick auf ihre Fingernägel geheftet. Sie unterzog sich mindestens einmal monatlich einer komplexen Behandlung, in deren Verlauf ihre Nägel mit Strasssteinen, Palmen und ganzen Planetensystemen bemalt wurden. »Erst gehst du zu diesem Sinatra, dann beginnst du Hosenträger zu kaufen. Als Nächstes trägst du aus Bequemlichkeit nur noch Slipper von BAMA.«

»Der Ersatzkasse?«, fragte ich.

»Siehst du, geht schon los. Du mutierst. Ich kann dich fast altern hören.«

Ich schlug mit der flachen Hand auf den Tisch. »Es reicht. Denkst du, du bist resistent gegen das Altern? Ich bin gerade mal sechs Jahre älter als du, verflucht. Ich trage Jeans. Mein

Wortschatz ist über jeden Verdacht erhaben. Ich sage mitunter »verdammte Scheiße« und nicht »Oh weh« oder »Scheibenkleister«, wie beispielsweise dein Vater, der nebenbei bemerkt in der Tat wirklich alt ist, das aber durch Schallplatten von Pink Floyd übertünchen will. *Dark Side of the Moon*, was? Dein Vater ist auf der dunklen Seite des Mondes gut aufgehoben, und er genießt es.«

»Lass meinen Vater aus dem Spiel.«

»Lass du Sinatra aus dem Spiel. Wenn ich demnächst Bücher von Stephen Hawking lese – beantragst du dann Pflegestufe 3 für mich? Was sind das überhaupt für Gespräche? Eine Beziehung wie unsere sollte von Liebe und Zutrauen geprägt sein – sie sollte ein Manifest der Zärtlichkeit sein, eine marmorne Säule des gegenseitigen Respekts, du blöde Kuh.«

Sie verschränkte die Arme über ihrer pastellfarbenen Benetton-Strickjacke.

»Wenn du vierzig bist, wirst du älter sein als jeder andere Vierzigjährige.«

»Unsinn. Wenn ich vierzig bin, schreiben wir das Jahr 2006. Dann werden sie einem in der Fußgängerzone binnen zehn Minuten Haare implantieren können, während man mit seiner Armbanduhr seinem Haushaltsandroiden mitteilt, was man zum Abendessen wünscht.« Ich lächelte überlegen. »Wie dem auch sei«, schloss ich den Beweisvortrag, »ich muss mich nun fertigmachen.«

»Genau«, sagte sie. »Du machst dich jetzt fertig. Wir haben

13 Uhr 45. Das Konzert beginnt um acht, oder? Setz dich doch einfach so lange mit deinem braunen Cordanzug auf die Couch und warte, bis es dunkel wird. Findest du nicht, das klingt nach Seniorenheim?«

Meine Erwiderung enthielt einige Worte, die ihr Vater nie benutzt hätte. Und was zum Teufel meinte sie mit braun?

20 Uhr.

Ich hätte vom Management der Westfalenhalle erwartet, dass alles in bunte Lichter getaucht ist. Mindestens war ich auf einen roten Teppich oder einfach nur einen Teppich in irgendeiner Farbe gefasst gewesen. Fehlanzeige. Immerhin hatten sie gestreut. Als der Parkplatzwächter mir mitteilte, ich zitiere: »Wenn du deine Omma abholen willst, bist du zu früh dran, Bursche – aber Parken kostet trotzdem einen Fünfer«, ahnte ich bereits, was auf mich zukam.

Die Schlange vor der Kasse war recht kurz, verglichen mit anderen Musikevents; ich sah ein Meer aus weißem Haar, viele Anzüge, Perlenketten. In dieser Schlange war ich der Jüngste.

Ich kaufte mir ein Glas Sekt, nachdem ich durch war. Im Foyer, wenn man die etwas industriell wirkende Vorhalle so nennen wollte, war ich ebenfalls der Jüngste. Der Piccolo, preislich eher zur Gruppe der Jahrgangsweine zu zählen, die der Graf von Monte Christo zu sammeln pflegte, lockerte mich etwas. Natürlich waren die Leute meines Alters bereits auf ihren Plätzen; nur die Alten und Schwachen, nicht in der Lage, in Trab zu verfallen, dümpelten noch in der Halle. Die Halle lag im Halbdunkel, sah ich kurz darauf. Aber es war nicht halbdunkel genug, um zwei Sachverhalte zu verschleiern.

Erstens: Die Halle war lediglich zur Hälfte gefüllt.

Zweitens: »Zur Hälfte« bedeutete etwa 3000 Besucher, und von denen war ich augenscheinlich noch immer der Jüngste.

Gute Sitze in Reihe eins; es roch nach Kölnisch Wasser und Festiger; Seide, oder Material, das sich zumindest wie Seide anhörte, raschelte hinter mir.

Direkt links blickdichte Strumpfhosen, rechts ein haariger Arm mit Hemdmanschetten und goldener Uhr mit Bergmannsmotiv. Ein Aufwallen von Sodbrennen erfasste mich. Ich mutmaßte, dass das am Sekt lag, aber es konnte auch eine physische Reaktion auf das Gefühl sein, gleich zwangsadoptiert zu werden.

Vereinzeltes Husten. Ich war starr wie eine Porzellanvase. Hier, in der ersten Reihe, herrschte die angespannte Atmosphäre einer Versteigerung.

»Jetzt Kopulierender Gratulant, ein vierjähriges Rennpferd aus dem Gestüt Pawlowski. Ja, fünftausend vom Herrn mit der Bergmannsuhr ... sechs, ja, sechsfünf von der Dame in ... Seide? Sieben, ich höre sieben, wer bietet acht? Sekunde – wir brauchen hier ein Kehrblech.«

Dann ging alles Schlag auf Schlag. Das Licht erlosch.

Das Orchester stimmte *I've Got The World On A String* an, Lichter flammten auf, hinter mir Stöhnen, als würde reihenweise erblindet.

Der Meister, Francis Albert, The Voice, Ol' Blue Eyes, Leader of the Pack, betrat die Bühne. Er grinste von einem sonnenbraunen Ohr zum anderen; sein Toupet wirkte, als wäre es verchromt; alt, ja, aber voller Würde – im Großen und Ganzen ließ er die Rolling Stones wie dieses singende Sperma von Tokio Hotel aussehen. Er griff zum Mikro, sagte »good evening«, und addierte sechs Millionen Jahre Ruhrgebiets-Geldadel applaudierten. Die Druckwelle Tausender Hände presste eine Killerwoge *Tosca* von den Oberrängen in die ersten Reihen, eine Art Geruchs-La-Ola, die mir noch wochenlang im Nackenbereich anhaftete.

Ich war wie vom Donner gerührt.

Die Stimme, die überall auf der Welt berühmt war, schallte aus den Lautsprechern eines unbedeutenden Gebäudes in Dortmund, Nordrhein-Westfalen. Ich bekam eine Gänsehaut wie eine Ritterrüstung, stand auf, applaudierte, schrie irgendetwas, und es geschah: Sinatra persönlich sah mich an. Er zog eine Augenbraue hoch, die »That's right, boy«, aber auch »Hinsetzen, Provinzblödmann« bedeuten mochte, aber ich konnte nicht, auch dann nicht, als sich meine Uhr in einem Nest aus Haar und Haarspray verfing, was die Dame links von mir heftig zum Nicken brachte.

»FRANK!«, brüllte ich.

Er lächelte.

Ich bellte irgendetwas und riss meinen Arm los. Mein Uhrenarmband sah neuerdings so aus, als trüge es ebenfalls ein Toupet.

Die Frau neben mir kreischte und hielt sich den Kopf, und sie hatte natürlich Recht: was für ein Konzert.

Es wurde ein Triumph, den zu Papier zu bringen mangels Wortschatzbauteilen unmöglich ist; nur so viel: Es war, als hätte ein egozentrisches Regime mit Swing gefüllte Marschflugkörper auf die Teilnehmer einer Butterfahrt abgefeuert. Ich war neben Sinatra der Einzige, der was unternahm, um den Stimmungspegel zu halten.

oo Uhr.

»Ich bin wieder jung«, erklärte ich meiner Freundin, als ich nach Hause kam. »Du kannst jetzt gerne wieder Coco Jambo oder Olé Olé oder was du sonst so hörst laufen lassen. Ich bin gesegnet.«

»Bist du bescheuert?«, fragte sie.

»Sinatra hat mich gesehen. Ich habe Sinatra gesehen.«

Ich unterschlug die kleine Geschichte mit den Saalordnern, die mich zurück in den Sitz gepresst hatten, ebenso wie eine Bemerkung über meinen tränenreichen Zusammenbruch, als Sinatra am Schluss sichtlich erleichtert *My Way* intoniert hatte. Sinatra gab keine Zugabe; ich auch nicht.

»Geh jetzt ins Bett«, sagte sie mit einer Stimme, die keinen Widerspruch duldete.

»Ich kann jetzt nicht«, erwiderte ich. Ich war noch immer aufgeregt. Außerdem schmerzten meine Schultern.

»Ah ja«, sagte sie. »Alte Leute brauchen ja nicht so viel Schlaf. Du riechst übrigens wie meine Uroma.«

Das ließ mich kalt. Völlig.

Ich hatte Sinatra live erlebt. Auf der To-do-Liste meines Lebens war ein Punkt abgehakt und die Position »Mach dich vor ein paar Tausend Leuten zum Vollidioten« konnte ich gleich mit streichen.

So saß ich des Nachts in unserer Küche; Sinatra selbst mochte zeitgleich an irgendeiner Bar sitzen, während er mit den Fingern nach einem Radiergummi schnippte, um Dortmund von der Landkarte zu tilgen. Ich schnappte mir etwas Briefpapier meiner Freundin, malte der Diddl-Maus darauf eine Augenklappe und begann meine To-do-Liste auf den neuesten Stand zu bringen.

Punkt 1: Nutella, bis Elvis wieder aufersteht.

Mein erster Kinobesuch

Bei meinem ersten Kinobesuch war ich ungefähr sechs oder sieben. Bei dem Film handelte es sich um *Die Schatzinsel.*

Ich durfte mir ein Eis aussuchen – und nahm einen *Braunen Bär*, jenes Eis, auf dem ein Indianer kurz davor ist, von seinem Klepper zu fallen, während er den Bogen spannt; im Inneren des Eis am Stiel befand sich ein Karamellkern, im Inneren des Indianers vermutlich das Übliche. Dieses Eis war und ist Nostalgie in Reinkultur.

Heutzutage gibt es die bizarrsten Eissorten – man mag eigentlich gar nicht darüber sprechen.

Ich lasse mich jetzt nicht dazu herab, auch nur einen Ton über den *Flutschfinger* von mir zu geben. Ganz zu schweigen von *Ed von Schleck*, was ja wohl wirklich klingt wie der Internet-Tarnname eines Päderasten. Kein Wort auch über diese Leistungselite-Edition von Magnum mit *Dark Ecuador Chocolate, Premium Coffee Slush* und *Mixed Chili Temptation.*

Alles im grünen Bereich, solange da nicht mal ein Magnum mit Frikandel-Geschmack kommt.

Aber ein tiefbraunes Speiseeis allen Ernstes wie folgt zu nennen, erscheint mir nicht sonderlich geglückt: NOGGER!

Braunes Eis. NOGGER.

Bin ich der Einzige, der da den Film *Training Day* vor Augen hat, mit einem korrupten Denzel Washington, der ein Eis am Stiel ansieht und sagt: »Du bist mein Nogger. Du bist … mein NOGGER! DAS ist mein NOGGER.«

Ich schweife ab.

Brauner Bär.

Mein Weltbild veränderte sich völlig. Brauner Bär. Milchspeiseeis, Karamellkern, auf der Packung ein optisch reizarmer Indianer – damals war es nicht nötig, Eis nach Superhelden oder Pokémon, Digimon oder von mir aus auch Ursela Monn zu benennen. Damit Kinder heute ein Eis kaufen, muss das Ding schon neunfarbig sein, blinken und Songs von Scooter spielen. Damals nicht. Indianer. Zack. Fertig.

Verheißungsvoller Name, süßer Kern.

Selbstverständlich sah ich mir den Rest des Films an, eine monochrome Räuberpistole, in der es um, ich muss nachdenken, keine Ahnung ging, aber es kam eine Insel drin vor und machte somit den Titel zum Programm, was ja nicht bei jedem Film der Fall ist.

Ich nenne hier nur mal *Die unerträgliche Leichtigkeit des Seins*, in dem es keineswegs darum geht, wie knifflig das ist, fluffig in der Gegend herumzuexistieren, sondern um Prag und Poppen.

Oder nehmen wir *Hard to kill* mit Steven Seagal, wörtlich übersetzt »Schwer zu töten«, was sich nun, nach achthundert weiteren Filmen mit Seagal, allmählich schmerzhaft bewahrheitet.

Steven Seagal ist unbeeindruckt von dem Umstand, dass er in jedem Film eine drahtige Killermaschine spielt, so fett geworden, dass man überlegt, »Schwer zu töten« einfach in »Schwer« umzubenennen.

Aber wer bin ich, dass ich über Seagal den Stab breche?

Immerhin ist Steven Seagal der weltweit einzige Schauspieler, bei dessen Filmen sich die Handlung in buchstäblich einem Satz zusammenfassen lässt: Eine Bande Kleinkrimineller lehnt an Seagals Camaro, er tritt hinzu, macht einen Spruch und schlägt im Anschluss alle tot. Das war's. Punkt.

Aber ich schweife ab.

Das heißt, Sekunde mal: Das, was mir sozusagen filmtechnisch wirklich auf der Seele lastet, ist diese unheimliche Scheinidentitätssache.

Ich meine, das dürfte doch jedem aufgefallen sein – der deutsche Schauspieler Karsten Speck wurde wegen Anlagebetrugs verurteilt, ging in den Kahn und ist seitdem wie vom Erdboden verschluckt.

Aber gleichzeitig existiert ein anderer Mann in Hollywood, dreht fröhlich und unbehelligt Filme und niemand sagt was: Kevin Bacon.

Hallo?

Ich schweife immer noch ab.

Brauner Bär.

Mein erster Kinobesuch ist nun viele Jahre her, aber noch immer gehe ich mitunter hoffnungsfroh in Dönerboutiquen und erwarte plötzlich, angeweht vom Atem einer vergangenen Zeit, Suzuk mit Karamellkern auf der Karte zu entdecken.

Mit Obsession hat das wenig zu tun, ich bin immerhin Akademiker und weiß Bescheid.

Nun, ich bin fast Akademiker; an sich hatte ich begonnen, Medizin zu studieren, dann aber auf Einzelhandelskaufmann umgeschwenkt, nachdem meinem Prof unangenehm aufgestoßen war, dass ich bei der Öffnung von Leichen zu Übungszwecken stets den Brustkorb leer räumte und brüllte: »Wo ist der Scheiß-Karamellkern?«

Das hat sich allerdings gelegt.

Schon weil wir im Einzelhandel selten Tote obduzieren.

Kann nicht überall Karamell drin sein, weiß ich selber.

Klar habe ich grundsätzlich erwartet, einen Sohn zu bekommen, als die Mutter meines Kindes schwanger war; das mit dem Karamellkern war nur eine Phase, die ich durchlebte, als die Ultraschallbilder nur einen dunklen Klumpen zeigten, und dass ich drei Monate lang mit einem blankgewienerten Löffel um sie herumtanzte, hat unserem Verhältnis nicht geschadet.

Niemand wird mir wohl meinen totalen Zusammenbruch verübeln, als der Karamellkern dann Augen bekam.

Aber das war nur eine Phase. Also eine andere. Nichts Spektakuläres.

Sicher hat's da auch Situationen gegeben, wo meine kleine Vorliebe ein bisschen durchschimmerte.

Ich erinnere mich da vage an das Vorstellungsgespräch bei Mediamarkt, als der Personalchef fragte: »Haben Sie Erfahrung im Bereich Kundenreklamation?«

Ich antwortete, und wer hätte das an meiner statt nicht getan: »Haben Sie denn, mein Guter, einen Karamellkern?«

»Was?«, fragte er.

»Einen Klumpen Karamell. Spüren Sie ihn in Ihrem Inneren pochen und klumpern, wabern und pumpern, den Kern aus Karamell?«

»Wie bidde?«

Ich entsinne mich, ärgerlich geworden zu sein.

»Nun tun Sie sich mal nicht so schwer! Wenn Sie nachts rülpsen, schmeckt das dann leicht süßlich?«

Einen direkten Konflikt mit dem Gesetz gab's nur einmal, eine Bagatelle sondergleichen.

Das war, als ich über eine Absperrung kletterte, um bei den Karl-May-Festspielen den Winnetou auf Nabelhöhe mit einer Rohrpumpenzange aufzumachen.

Ich bin mir immer noch sicher, dass der Typ vor Karamell kaum laufen konnte, aber so Schauspieler nehmen ja eine Sonderstellung ein und zieren sich wie kleine Mädchen. Mir wurscht. Ich kann warten. Wenn der mal stirbt, werde ich den Sargdeckel eintreten, und dann schauen wir mal, wer hier nach Kirmes riecht, wenn ihm der Frack aufklafft. Ich kenne meine Pappenheimer.

An sich hab ich das mit den Indianern gut im Griff, auch wenn ich immer sabbern muss, wenn das ZDF *Der mit dem Wolf tanzt* wiederholt.

Ich hab da halt eine sanfte Affinität zu Indianern. Niemand versteht das Innenleben von Cherokee so gut wie ich. Zeitgleich verabscheue ich natürlich Chicorée, Shakira und Schinkenspicker, weil die nur so ähnlich klingen.

Aber egal. Schnee von gestern. Ich hab das blendend im Griff. Muss ich auch, nachdem ich versucht habe, im Duisburger Zoo einen schlafenden Braunbären auf links zu ziehen. Auch so ein Kandidat.

Von außen einen auf lecker machen und dann ruppig werden, wenn die Krone der Schöpfung zu Besuch kommt und mal naschen will.

Direkt nach dem Pfötchengeben musste ich in die Klinik, und jetzt bin ich Werbeträger für Jack Wolfskin, weil ich eine klovorlegergroße Wunde in Form einer Tatze auf der Brust habe.

Heilt aber ab.

Ich kann mich nur ’ne Zeit lang nicht bücken.

Deswegen kann ich meinen neuen Job noch nicht antreten.

Nach den begriffsstutzigen Onkeln vom Mediamarkt und der blöden Sache mit den toten Nazis, die ich in Hoyerswerda quasi entkorkte, weil mir einer sagte, die wären »der braune Kern«, habe ich nun mein Schicksal gefunden.

Die Nordsee.

Ölbohrinsel.

Muss ohnehin mal raus, schon wegen der Braunen, die aber innen alle rot waren. Verarsche.

Das Vorstellungsgespräch auf der Plattform dauerte fünf Minuten.

»Können Sie eine Rohrpumpenzange bedienen?«

»Fragen Sie mal in Bad Segeberg nach.«

»Irgendwelche psychischen Erkrankungen?«

»'türlich nicht.«

»Schwul?«

»Nein. Ich interessiere mich nur für den heißen, süßen Kern in Ihrem Inneren.«

»Irgendwelche Verwandten?«

»Einen Sohn. Er heißt Klumpen und wird vier.«

»Gut.«

Ich unterschrieb auf der gestrichelten Linie.

Geschafft, Freunde. Fast am Ziel.

Selbstredend weiß ich, wie jeder Anwesende hier, der seine Kinderjahre nicht auf der Klötzchenschule verbracht hat, dass der Erdkern nicht aus kochender Schwurbelmasse und Steingedöns besteht, sondern fraglos aus acht Milliarden Bruttoregistertonnen Karamell. Wenn ich mich erholt habe, geht's los – Bohrer an, rein in die Erde.

Und wenn dann der ganze Karamell nach oben kommt und über die Küsten in die Städte brandet und die Parkbänke und Volksbanken, Wolkenkratzer und Steuerzahler, Mann und Maus, Hinz und Kunz, Lolek und Bolek überschwemmt und verklebt und einhüllt, wenn die ersten Radarstationen einen Karamell-Tsunami an der Dortmunder Stadtgrenze blitzen, wenn die Welt sowas von zugekleistert wird, dass alle Mikrofasertücher der Erde nichts mehr ausrichten, wenn alle Menschen vom Karamell wie Insekten in Bernstein eingeschlossen werden, was bei manchen Leuten ja sowieso keine Verschlechterung wäre – dann brülle ich DAS HABT IHR JETZT DAVON! BITTESCHÖN!

Eine neue Weltordnung, in der Gewalt keine Chance mehr hat. Sogar Steven Seagal noggert sich einen.

Und dann erwarte ich als Antwort von der Welt nichts weniger als das, was ich jetzt sage:

Karamellkern.

Türkis

Ich war nicht sehr lange bei den Hells Angels.

Ich muss sagen, ich war kein vollwertiges Mitglied damals. Dabei hatte ich alles richtig gemacht. Ich war 16, also jung und voller Spannkraft.

Ich trug Leder. Sicher, kann man sagen, das zählt nicht, solange das Leder türkis ist, aber ich trug den Einteiler voller Stolz. Und das *Captain-Future*-Sweatshirt. Und meinen Helm, mattschwarz, bedrohlich, voller Hanuta-Aufkleber mit Obelix und den anderen tighten Galliern. Aber nicht nur, dass ich eine furchterregende Erscheinung war, die gar nicht so selten ein kehliges, angsterfülltes Lachen auslöste, ich kannte auch die Regeln.

Ich hatte den Angels eine Bewerbung geschickt.

Mit Lebenslauf.

Und Lichtbild. Mit Helm auf. Ich hatte mich im Passbildautomaten nicht lumpen lassen, drei Mark mehr bezahlt und den Fotos einen Rahmen aus Palmen, Kometen und Kussmündern verpasst. Ich war hart, ich war böse, ich war der FIESE TÜRKISE.

Ich trug Schaftstiefel, an denen ich Ketten, Stacheldraht, Heftzwecken, bösartig aussehende Kabel und glänzende Strippen befestigt hatte. Jeder Schritt klang wie die Bombardierung Dresdens.

Ich trennte mich allerdings teilweise von den Kriegssporen, wie ich sie nannte, nachdem ich damit bei Karstadt in die Rolltreppe geraten war und feststeckte, bis mich eine kehlige, angsterfüllt lachende Feuerwehr mit Seitenschneidern da runterholte. Wo war ich? Bewerbung.

Die Bewerbung war formlos und markig gehalten, ein papierenes Monument der Willenskraft:

An den Hells Angels Charter Wattenscheid
Betr. Bewerbung als harter Hund und Biker des Bösen

Hey Jungs,
ihr kennt mich vermutlich. Nicht mit Namen, okay, sorry for that.
Aber ich bin sicher, dass bei euch im Haufen gleich alle Alarmglocken schrillen werden: Sicher habt ihr euch gefragt, welcher Höllenhund die Klingelmännchen-Sache in der Pestalozzistraße durchgezogen hat.
Ho-ho, habt ihr gerufen, welcher Wahnsinnige klingelt denn tagsüber ein Hochhaus durch, zur MITTAGSRUHEZEIT, *ohne dass er da reinwill, nur um des Terrors willen.*
Aus welchem Holz mag so ein Kerl geschnitzt sein, werdet ihr gerufen haben! Die Antwort: Ich! Beziehungsweise kein Holz. Stahl.

Und ich sage euch, unter uns Pastorentöchtern, da im Block regierte die Apokalypse, da hat sogar ein Oppa in der achten Etage das Fenster aufgemacht und runtergerufen: »WER IST DA?«
Würdet ihr mich jetzt sehen, würdet ihr sehen, dass ich lächle. Könnt ihr ja jetzt nicht, aber wenn ihr könntet. Dann.
Also ich wäre schon mit Lächeln zugange, wenn ihr quasi zugeschaltet werden würdet, und nicht erst anfangen, wenn ich merke: Na guck, die Angels. Ich lächle für niemanden. Wenn überhaupt, lächele ich nur so aus Scheiß.
Jetzt rumort es in euch, und ihr habt eine Frage, die euch auf der Zunge verbrennt: Wie machen wir diesen knüppelharten Fucker zu einem von uns? Und warum, fragen sich manche im Stillen, war ich früher nicht selbst so? Shit on, Buddy, Schnee von gestern.
Klar, wenn ich euch was beibringen soll, kein Ding. Was es auch sei: Gruselig die Augenlider hochklappen, oder 'nem Kumpel, wenn er schläft, einen Schnurrbart aus Zahnpasta machen, mir ist nichts zu heiß. Call me »the Brain«. Fragt einfach.
So long, bis hierhin. Hab noch was am Laufen. Werde gleich fremde Leute anrufen, mit dem Mund ein Furzgeräusch machen und einfach wieder auflegen. Nur so, scheiß auf die Consequences.
Meldet euch einfach, aber nicht nach 18.00 Uhr. Da flippt meine Mutter aus, die kriegt SO eine Krawatte. Ihr kennt das, Dudes.
Bye
Ich.

P.S.: Stellt euch vor, ich zwinker jetzt. Mach ich jetzt zwar nicht, weil ich zwinker für keinen, aber könnt ihr ja trotzdem machen, euch das so vorstellen. So ZWINKER, GRINS. Würd' ich aber nicht machen. Nicht mal für euch.

Tüss.

P.P.S.: Sorry wegen des Diddl-Papiers. Was anderes war nicht da. Denkt euch die küssende Maus weg und 'n Schädel dahin, mit Fleischfetzen dran und allem, ein Auge auf halb acht, also ein ganz übles Teil. So bin ich eben drauf. Tschüssi.

P.P.P.S.: Ihr könnt das Herzklopfen jetzt runterfahren. Ich weiß, das Ding sieht aus, als hätte ich's mit Blut geschrieben, als wäre ich einfach raus auf die Straße und hätte wen gepiekt und so, aber das ist roter Wachsmalstift. Punked, oder as we used to say: »NÄ-NÄNÄ-NÄÄ-NÄÄÄ!«

Muss jetzt mein Zimmer aufräumen. Quält euch langsam.

Das Schreiben habe ich dann mit allen Anlagen beim Vereinsheim unter der Tür hergeschoben.

Die haben sich aber nie gemeldet. Und jetzt liest man ständig in der Zeitung, dass die total Stress haben und Ärger an allen Ecken und Kanten. Aber jetzt hab ich keinen Bock mehr.

Ich bin jetzt bei den Power Rangers. Wegen meines Helms. Der sieht ziemlich Power-Rangers-mäßig aus. Und geht nicht mehr ab. So ein Kopp wächst ja auch. Bin ja 43.

Ich ess nur noch Lakritzschnecken, weil das das Einzige ist, was durch den Spalt vom Visier passt. Aber ich will nicht meckern.

Wenn ihr mich jetzt sehen könntet, würdet ihr merken, dass ich fertig mit Erzählen bin. Mir egal, ob ihr denkt, da kommt noch voll was. Das entscheide ich hier. Wie ihr das seht, ist mir pupsegal. Das merkt ihr daran, dass jetzt nix mehr kommt. Hier, Achtung: Da kommt nix mehr.

Guck.

Nix.

Guck.

P.S.: Wenn hier einer ein Tattoo will, muss er's nur sagen. Ich kann aber nur den Bausparkassenfuchs von Schwäbisch Hall, aber ist ja cool, wenn wir alle das Gleiche haben.

So, tschüssi.

P.P.S.: Ende.

Die Sache mit Struppi

Struppi gehörte der Schwiegermutter meines Bruders, von uns »Oma Christel« genannt, und durfte so ziemlich alles.

So saß Struppi an Geburtstagen stets auf einem eigenen Stuhl und glotzte doof über die Kaffeetafel, während wir versuchten beim Torteessen seinem nach Arsch riechenden Atem auszuweichen.

Er war nicht im herkömmlichen Sinne süß.

An sich sah er aus, als hätte man eine graue Fußmatte auf eine Werkbank genagelt, und von einem Gesicht konnte jetzt auch nicht direkt die Rede sein. Gäbe es im Universum einen Planeten mit intelligenten Hunden, die sich eine hochentwickelte Technologie erschaffen hatten, würden diese Tiere Struppis Gesicht als Karnevalsmaske tragen.

Struppi war Chef in Oma Christels Bude. Wenn wir bei seinem betagten Frauchen zu Besuch waren, machte Struppi keine langen Faxen. Er hatte es nicht so mit subtilen Avancen, da wurde mir umstandslos die Wade durchgevögelt. »Ich werde dir eines Tages eine Kugel verpassen«, flüsterte ich Struppi einmal zu, nachdem er wieder dazu angesetzt hatte, mir das Hosenbein zu schwängern. Mein Bruder sagte: »Da wirste mit einer nicht auskommen.«

Das war eine gern genutzte Formulierung meines Bruders. Er nutzte sie beim Eindrehen von Schrauben, dem Anziehen von langen Unterhosen und als er seine erste Tochter bekam. Meistens hatte er Recht. Eine reicht selten, wovon auch immer. Aber ein Struppi war ihm einer zuviel.

Mir auch.

Mein Bruder wettete gern mit Handwerkern um einen Zehner. Das Spiel hieß »Zunge oder Kreissäge«, denn Struppi schleckte gelegentlich fremde Hände, biss aber auch schon mal in Raserei zu. Das hing von seiner Tagesform ab.

In unserer Siedlung leben einige Gas- und Wasserinstallateure ohne Daumen, aber die Zeiten sind hart, und zehn Euro sind zehn Euro. Glück im Spiel, Pech am Klavier. Das Tier war geisteskrank.

Und niemand glaubte uns das.

Handwerker: »Na, du bist ja ein Feiner!«

Struppi wedelt mit dem Schwanz.

Handwerker: »So ein Feiner!«

Bruder: »Wetten, nicht?«

Handwerker: »Quatsch. Der ist feiiiiin.« Pause. »Wozu brauchen Sie denn den Verbandskasten?«

Bruder: »Ich stehe ja hier. Ich brauch den gar nicht.«

Struppi neigte des Weiteren dazu, sich mit einem Sprung nach oben in den Gardinen zu verbeißen und stumm herumzubaumeln, wenn er Gassi musste.

Sein Frauchen sagte dann immer: »Ist das nicht drollig? Ist das nicht drollig?«

Wir fanden das in etwa so drollig wie einen kackenden Pavian, nickten aber meistens nur, denn raus wollten wir mit ihm auch nicht: Mit Struppi Gassi zu gehen hatte was von Counterstrike.

Sinnkrisen waren an der Tagesordnung. Und auch da kam man mit einer nicht aus.

Oma Christel indes liebte das Vieh wirklich mehr als alles andere.

Dann starb Struppi. Völlig unerwartet. Obwohl er alt war.

Wir waren vor Ort, als es geschah. Es war tragisch, aber immerhin hatten wir ein Alibi.

Es wäre fein, zu berichten, dass Struppi einfach entschlafen sei, aber ehrlich gesagt bellte er kurz, schiss dann auf den Teppich und kippte um wie eine Trittleiter.

Oma Christel war untröstlich. Da wir das wussten, versuchten wir's auch gar nicht.

Mein Bruder schaffte es immerhin, einen Moment betreten auf Struppi zu starren, dann verließ er wortlos die Wohnung, ging in die Spielothek unten im Haus und wälzte sich mit brüllendem Gelächter auf dem Nadelfilz. Da die Balkontür offen war, hörten wir es bis in den zweiten Stock.

Oma Christel wurde kreidebleich. Ihre Lippen zitterten.

»Trauer hat viele Gesichter«, sagte ich.

Wir hörten deutlich, wie mein Bruder rief: »Endlich ist dieser flusende Kackschemel Geschichte!«

»Sie hat sehr viele Gesichter«, sagte ich. »Mann, hat die Trauer viele Gesichter.«

Mein Bruder schrie: »Der kommt in die Aschentonne, Deckel zu, fertig! Ich mach 'ne Party! Ach watt – da wirste mit einer nicht auskommen!«

»Trauer«, sagte ich, »hat noch mehr Gesichter als Doktor Mabuse. Mein lieber Scholli. Hat die viele Gesichter.«

Das würde übel werden, ahnte ich.

Wurd's dann auch.

Mein Bruder hatte drei Tage mehr oder weniger devot auf allen vieren verbracht, den Tierfriedhof in Dortmund-Kley verständigt, das Grab bezahlt, das tragische Ableben Struppis dem Amt gemeldet.

Nach der Ansage mit der Aschentonne war klar: Struppi würde zu Grabe getragen werden wie Lady Di. Jedes Mal, wenn er kleinlaut anrief, um das Trauerhaus über die Planungsfortschritte der Beisetzung zu informieren, weinte Oma Christel los:

»Mein Struppi ist nicht mehr. Ich will ihn bei mir haben!«

»Jaja«, sagte mein Bruder zuckersüß, »er wird ja Donnerstag mit allen Ehren beerdigt.«

»Mit … Ehren?«

»Mit allen Ehren«, sagte mein Bruder. »Da wirste mit einer nicht auskommen. Staatsbegräbnis. Mindestens.«

Nun war es soweit.

Struppi hatte einige Zeit im Kühlhaus des Tierfriedhofs geruht, und als mein Bruder ihn holte, war er in einen geschmackvollen Baumwollbeutel eingenäht.

Struppi, nicht mein Bruder.

Wir hatten darauf verzichtet, einen Angestellten des Friedhofs um weitere Hilfe zu bitten. Es war auch so schon kostspielig genug. So schritten wir zum Grab: mein Bruder, Oma Christel und ich. Mein Bruder trug andächtig den vermummten Struppi vor sich her. Oma Christel weinte unentwegt.

Als wir an der Grube ankamen, war sie kurz davor, zusammenzubrechen.

»Geh«, sagte mein Bruder. »Wir werden ihn würdig beisetzen.«

Oma Christel zog sich zurück und setzte sich fünfzig Meter entfernt auf eine Bank.

»Okay«, sagte ich. »Bringen wir es hinter uns.«

Mein Bruder nickte und ging vor der Grube in die Hocke: Er versuchte behutsam, Struppi irgendwie beizusortieren, hielt ihn mal so und mal so, und nach drei Minuten stellten wir panisch fest: Passte nicht.

Loch zu kurz.

Struppi zu lang.

Ich wandte mich um und gab Oma Christel staatsmännische Handzeichen.

Alles okay. Al-les o-kay.

»Versuch hochkant«, sagte ich.

Das ging, allerdings ragte dann Struppis Kopf hervor. Das war wohl nicht so gut.

Struppi war steifgefroren. Mein Bruder sah es auch. Er klopfte nachdenklich mit den Knöcheln auf den harten, verhüllten Leib.

»Behalte die Trauergemeinschaft im Auge«, sagte er. In seinem Gesicht sah ich etwas Endgültiges.

Zu gern würde ich irgendwie subtiler formulieren, was dann geschah. Geht aber nicht.

Mein ziemlich kräftiger Bruder legte Struppi auf sein Knie und brach ihn durch. Wirklich.

War nicht schön, passte dann aber.

Auf dem Weg zurück zu den Frauen sprachen wir kurz.

»Du bist mein Bruder«, sagte er. »Bewahre dieses Geheimnis. In zwei Stunden machen die das Loch zu. Denk einfach, es wäre Feuerholz gewesen.«

Als wir Oma Christel erreichten, verneigten wir uns leicht.

»Es war sehr feierlich«, sagte ich.

»Ihr seid gute Jungs«, sagte Oma Christel. »Ihr habt euch soviel Mühe gegeben.« Sie schluchzte kurz. »Aber ich habe nachgedacht. Ich will nicht, dass er in der kalten Erde liegt. Ich werde meinen Struppi ausstopfen lassen.«

»Aha«, sagte ich.

»Ja. Er soll für immer bei mir zu Hause in einer schönen, warmen Ecke sitzen.«

»Jo«, meinte mein Bruder, »da wirste mit einer nicht auskommen.«

Das würde wieder übel werden, ahnte ich.

Wurd's dann auch.

Russisch Lloret

Es war eine dieser Roulette-Busreisen gewesen: 199 Mark für zwei Wochen spanische Hochkultur unter Gleichgesinnten, und zwar in jenem Ort, der selbst Gästen von Mallorcas Ballermann 6 zu prollig ist: Lloret de Mar.

Die Fahrt war großartig, sah man davon ab, dass Kniegelenke eher hinderlich waren, wenn man nicht die komplette Reise über auf dem Gang stehen wollte. Zwischen die Sitzreihen hätte nicht einmal das ausgeschnittene Tittenfoto der Bildzeitung gepasst, und die chemische Toilette belehrte mich, dass der Mensch nicht nur zu 70 Prozent aus Wasser besteht, sondern er dieses auch möglichst vollständig in überschwappende Dixie-Klos abgeben möchte.

Ich vermutete, dass unsere Mitreisenden sich schon Wochen vor Reiseantritt das Pinkeln verkniffen hatten – nach dem Prinzip des präventiven Fastens, wenn man weiß, dass man auf eine Party mit Buffet geht.

Achtzehn Stunden später.

Mein Bewegungsradius hatte sich auf den eines Playmobil-Männchens eingeschossen und Uwe weinte seltsam gelbe Tränen der Rührung, als er unsere Koffer aus den Eingeweiden des Busses zerrte.

Wir waren die Letzten am Hotel, aber Uwe meinte: »Die Letzten werden die Ersten sein, Kollege.«

Roulette-Reise.

Das bedeutete, dass unser Hotel nach einem Prinzip gewählt wurde, das uns schleierhaft war; obwohl ich meinte, dass wir bei dem Fahrer einen mächtigen Nierenstein im Brett haben müssten, so wenig, wie wir gepinkelt hatten. Er hatte uns vor einer stuhlfarbenen Pension auf dem höchsten Hügel der Stadt abgesetzt, wo die Luft nach Frittierfett roch und die Gardinen die Farbe der Mortadella von neulich aufwiesen.

Das lief etwas konträr zu Uwes These, wurde mir klar, als ich den Schicksalsberg hinunterstarrte, einen Krümel Innenstadt erahnend, und dahinter eine dünne blaue Linie, die das Meer, aber auch eine geplatzte Ader im Auge sein konnte: Die Letzten würden einfach die Letzten sein.

Zumindest am Strand.

»Wir werden am Vorabend losgehen müssen, wenn wir Sand und Sonne wollen«, sagte ich.

»Nee«, erwiderte Uwe, »wir leihen uns Roller oder sowas.«

Wir checkten ein.

Die Pension hatte den Charme eines russischen Arbeitslagers, nur dass das Essen nicht so gut war; ich vermute, dass der morgendliche Aufschnitt von Fluglinien stammte, die ihre verdorbenen Vorräte über Spanien abwarfen, und das Backwerk schien unter Denkmalschutz zu stehen. Man reklamierte beherzt, das Brötchen habe die Konsistenz eines Fossils, und dies zeitigte Erfolg: Am nächsten Morgen waren die Brötchen von bestürzender Flexibilität. Ich hätte mit meiner Semmel Wimbledon gewinnen können; ich musste sie vorher nur über einem Eimer auswringen.

Der Herbergsvater schien sie einfach unter den Wasserhahn zu halten.

Die Einrichtung unserer Unterkunft sah aus, wie man sich das Piraten-Sterbezimmer in Pippi Langstrumpfs Taka-Tuka-Land vorstellte: zwei Stühle aus Plastik, das wie Bambus, der wiederum wie aufgepappte Dekofolie aussah. Ein Tisch, der offenbar von einem stolzen Bettler dem Sperrmüll überantwortet worden war und dessen Platte die unheimlichen Ringe vor hundert Jahren abgestellter Coladosen zeigte. Die Handtücher im Bad hingen über einem Draht, der wie von Geisterhand oder von fremdem Körperfett an den Fliesen gehalten wurde. Die Handtücher waren so fadenscheinig, dass man aussah wie Christus auf dem Turiner Leichentuch, wenn man sich das Gesicht trockenrubbelte.

Im Zentrum des Raums stand ein Doppelbett, dessen Matratzen mit Margarine gefüllt sein mussten, denn man konnte sich nicht des Gefühls erwehren, man sacke in den Erdkern, wenn man sich darauflegte.

Die Stadt jedoch war den einstündigen Fußmarsch wert: Sie war ein buntes Paradies für Menschen, die als Oberbekleidung T-Shirts bevorzugen, auf denen »Königsbumser von Lloret« stand. Uwe erstand umgehend ein pornografisches Pokerspiel, ich einen Schlüsselanhänger mit Miniatur-Samuraischwert, mit dem ich mich später fast entmannt hätte, als ich gedankenverloren in meiner Hosentasche herumfuhrwerkte.

Wir holten uns direkt am ersten Tag einen Premium-Sonnenbrand, all inclusive: nässende Blasen, Haut wie eine erhitzte Teflonpfanne, Schmerzen, wie sie ein Clive Barker nicht zu Papier bringt. Also blieben wir am Folgetag auf unserem Zimmer, 20 Quadratmeter, kein Balkon, keine Klimaanlage, kein Toilettenpapier, tut uns leid, was erwarten Sie denn für 199 Mark, hm?

Mutti hätte mich eingecremt, Van Helsing uns gejagt: Ab sofort war die Sonne unser Feind.

Uwe packte sein Kartenspiel aus.

»Lass uns zocken. Poker?«

»Kann ich nicht.«

»Was kannst du?«

»Mau-Mau.«

Uwe mischte, Uwe teilte aus.

Heiland: Der Joker war eine extrem nackte, extrem behaarte Frau, die sich einer Bodengymnastik verschrieben hatte, die meine Magensäfte zum Brodeln brachte.

Alle Damen waren auf die Siebzigerjahre-Billigpornoart haarig.

Die Spanier mochten Gewusel, wie es aussah: Legte man mehrere Achten, hatte man genug Pelz zusammen, um den Madrider Bahnhof damit auszulegen.

»Hier, du Sack.« Uwe knallte mir eine wollige Sieben hin und ich zog zwei ungekämmte Spitzbärte.

Nach einer Stunde wurde es öde.

»Lass uns um was spielen«, meinte Uwe. »Einsatz zählt.«

»Okay. Was?«

»Sangria. Wer verliert, trinkt.«

Ich spülte die Zahnputzbecher aus, die es paradoxerweise gab.

Uwe entkorkte eine Flasche Sangria, die uns zwei Komma acht Milliarden Peseta, also etwa drei Mark, gekostet hatte, gab einige Wolfsdamen und gewann.

Ich trank.

»Ich hab 'ne Idee«, appellierte Uwe triumphierend an meinen Sportsgeist, »ab jetzt potenziert sich das Zeug, wenn man verliert. Will sagen: Wenn du einmal verlierst, trinkst du 'nen Becher, verlierst du noch mal – zwei. Danach vier, und so weiter, bis die Serie unterbrochen ist. Und?«

»Das ist krank«, erwiderte ich.

»Das ist Sport!«

»Dann lass uns mit minimaler Menge starten.«

»Fein. Soviel, wie in ein Pinnchen passt. Mundvoll.«

Es war Uwes Vorschlag gewesen, wie ich in der hirnledergebundenen Chronik der Bekloppten festhalten möchte.

Er sprach ihn aus, ich stimmte zu, und im gleichen Moment schien eine großartig rasierte Fortuna in den Raum geschlüpft zu sein; Uwes wuscheliges Blatt versagte Spiel um Spiel.

Kam er mit einer Pik Sieben, konterte ich mit der Jungfrau King Kong Karo Sieben, und er zog sich daraufhin buchstäblich einen Wolf.

Ein Pinnchen.

Zwei Pinnchen.

Ein halber Becher.

Ein Becher.

Eine kurze Pause, in welcher ich neuen Sangria im vorteilhaften Fünf-Liter-Kanister erwarb, was selbst den Supermarktangestellten im Mercado am Fuß des Hügels zu der Frage veranlasste, ob ich bei der Hitze Lattenzäune abbeizen wolle. Als ich zurückkehrte, ertappte ich Uwe bei dem Versuch, sich eine weitere Siebener-Karte zu basteln, indem er versuchte, dem passgenau ausgeschnittenen Zeitungsbild eines Braunbären Lippenstift aufzumalen. Das brachte einen Strafbecher.

Uwe mischte. Verlor. Bellte Karten knallend herum, verlor.

Zwei Becher.

Vier.

»Deine Dame sieht aus wie Götz George«, würgte Uwe, nachdem ich ihm meine letzte Karte hingeklatscht und ihn auch in diesem Spiel waidmännisch erlegt hatte.

»Mach mal einen Vorschlag.« Uns gingen adäquate Humpen aus.

Uwes Blick schweifte kurz in ein Universum, in dem die Flüsse aus Maaloxan waren und die Bäume nach Mundspülung dufteten; seine Augen verklärten sich. Dann kehrte er zurück in seine persönliche Hölle aus Fell und Weinverschnitt.

Seine Hand schien unsicher, als er das kleine Samuraischwert ergriff.

Uwe stierte auf die filigrane Klinge, stieß sie sich aber nicht in seinen krebsroten Wanst.

Stattdessen schnitt er eine Zwei-Liter-Plastikflasche für Mineralwasser in der Mitte durch und warf die obere Hälfte hinter sich.

»Holla«, flüsterte ich.

Uwe hielt nun das mächtigste Trinkgefäß in den Händen, das ich je erblickt hatte; ein Behältnis, das höhnisch Uwes erstarrte Fratze des Ekels reflektierte; der Gral der Idioten.

Sein letzter, halbwegs klarer Blick galt seiner letzten Karte. Er legte.

Die Frau darauf sah vom Bauchnabel abwärts wie ein Berner Sennenhund aus. Verloren. Er griff diese Haubitze von einem Becher und trank.

Ex: ein ohnehin negativ besetzter Begriff, spiegelt er doch das Scheitern zweier sich ehedem zugeneigter Parteien wider, Liebespärchen zumeist.

Uwe trank, ohne abzusetzen, und die spröde Phrase Ex füllte

sich zeitgleich mit Uwe, gewann dabei aber deutlich an Qualität – Ex, speziell auf ex, bedeutete nun Heldenmut, Todverachtung, Selbstverneinung.

Uwe gluckerte gemein.

Dann erhob er sich, und wenn er jemals staatsmännisch ausgesehen hatte, dann nun.

Auf seinem Gesicht war eine gewisse Verbindlichkeit zu erkennen; er lächelte schmallippig und tat einen Schritt ins spartanische Bad.

Der Schwall war beachtlich, fulminant, Ehrfurcht gebietend.

Während diese Massen von Sangria aus ihm spritzten, hielt ich nach Innereien Ausschau: Wir waren Kumpels und ich wollte mir noch Geld von ihm leihen.

Nach etwa dreißig Sekunden sog er scharf Luft ein.

»Hut ab«, brüllte ich.

Das Badezimmer sah aus, als hätten wir ein Kamel darin geschlachtet.

Uwe ging umgehend zu Bett und fiel in Ohnmacht. Ich legte mich daneben, sank ein, las einen Heftroman und verzehrte fast eine ganze Schachtel Toffifee.

Irgendwann nickte ich weg.

Die Schreie meines Freundes rissen mich aus einem Traum, der davon handelte, dass John Sinclair und ich eine Kreatur jagten, die »Der scharlachrote Speier« genannt wurde.

»WAS?« schrie ich, kerzengerade im Bett aufgerichtet.

»DIE PEST«, kreischte Uwe, »WAS IST DAS? ICH HAB MIR WAS WEGGEHOLT!«

Seine Hand tastete über seinen Rücken, der von Beulen übersät zu sein schien, und ich erschrak.

»ICH LÖSE MICH AUF!«

Dann stellte sich mein unbestechlicher Blick scharf und ich atmete auf.

»Uwe. Du musst jetzt ganz tapfer sein«, sagte ich sanft; dann pflückte ich ein geschmolzenes Toffifee von seinem Rücken.

Er war überzogen von warmer Schokolade, und was er als schwärende Pusteln wahrgenommen hatte, waren nur Nüsse gewesen, die Zutat, die diese Süßigkeit so interessant machte.

Interessant wurde auch der Rest des Morgens.

Als er sich wieder eingekriegt hatte, schworen wir uns, niemals die Frau ins Zimmer zu lassen, die Handtücher und Bettwäsche wechselte – und das zogen wir auch durch.

Sie hätte sonst wahrscheinlich gedacht, wir hätten tagsüber rituell geschlachtet, um nachts im Bett irgendeinem Fäkalgötzen zu huldigen.

»Ist sicher hart für die Leute«, sagte ich am letzten Tag, kurz bevor wir dieses Zimmer für immer verließen.

»Jou«, erwiderte Uwe ernst, »ist halt Roulette. So ein Herbergsvater weiß nie, wer einzieht.«

Täuschend echte Erholung

Ich benötigte einen Tapetenwechsel. Das war Jahre nachdem ich mit Uwe in Spanien gewesen war. So langsam erholte ich mich davon.

Mein Freund Benno besaß ein Reisebüro in Unna – und wer Unna kennt, weiß, wie wichtig es ist, jemanden zu haben, der einen da rausschaffen kann. Der Laden brummte.

»Wohin willste denn?«, fragte er.

»Ich dachte, das könntest du mir sagen. Was ist denn der Trend?«

»Stehst du jetzt auf Trends?«

»Nö. Aber wenn du mir die Trendziele nennst, weiß ich, wo ich keine Ruhe habe, und fahr woandershin.«

»Also absolut Antitrend ist Rumänien.«

»Jaja«, sagte ich. »Absolut Antitrend sind auch Castrop, Texas und Neu-Dehli. Es muss nicht völlig untrendy sein. Ich dachte so an Ruhe. Weites Land. Meer. Sand. Sonne. Aber nicht Mallorca, Ibiza und andere Regionen, die auf A enden. Ziele mit ’nem A am Ende sind überlaufen.«

»Kambodscha nicht.«

»Immerhin«, erwiderte ich, »machst du prima Kaffee.«

»Mallorca hat sehr ruhige Ecken.«

»Und ich bin der erste Mensch, dem du das erzählst?«

»Nee.«

»Dann kann man den Tipp wohl vergessen.«

»Warte«, sagte er und schlug einen Katalog auf. Einige Minuten war nur das Röcheln der Kaffeemaschine zu hören.

»Hier. St. Barth. Karibik. Neun Sterne. Puderzuckerstrand. Durchgehend 28 Grad warm, 24 Grad Wassertemperatur, freundliche, verschwiegene Menschen.«

»Sie müssen nicht verschwiegen sein«, warf ich ein. »Ich brauch keine Pantomimen im Urlaub. Nur etwas Ruhe.«

»Apartmentanlage Crown. Vier Zimmer, voll klimatisiert«, fügte er ungerührt hinzu. »Morgens mit Delfinen schwimmen, mittags Jeeptour durchs Inland, abends Red Snapper zum Dinner.«

»Das alles für die 500 Euro, die mir zur Verfügung stehen?«, hakte ich nach.

Der Karibik-Katalog verschwand nicht einfach. Er verdampfte förmlich in den Händen meines Freundes, und eine Sekunde später war es, als wäre er nie da gewesen.

»Türkei«, sagte er ruhig. »Türkei. Zweineunundneunzig, Strand, Sonne, weites Land.«

»Türkei«, sagte ich. »Jawoll.«

Zwei Tage später, auf türkischem Hoheitsgebiet. Ich war aus dem Flieger gestiegen und augenblicklich dem Empfinden anheimgefallen, mit dem Gesicht in eine Fritteuse getaucht zu werden.

Die Türkei, stellte ich fest, musste man sich verdienen. Da war es nicht mit Geld getan. Nur wer den Marsch von der Ankunftshalle zum Shuttlebus überstand, ohne wie eine Wachskerze zu zerfließen, war auserwählt.

Es herrschten mindestens 50 Grad. Wind schien hier ein Gerücht zu sein wie bei uns der Yeti: Hatte man von gehört, Existenz war nicht gänzlich von der Hand zu weisen, irgendwer kannte jemanden, dessen Bruder jemanden kannte, dessen Kumpel schon mal ein verhuschtes Bild davon gesehen hatte. War aber gerade nicht da.

Und vielleicht nie gewesen.

Die Hitze nahm mein Denken ein und schaltete alles andere ab. Im Inneren des Busses befand sich neben einigen Zentnern tropfenden Fleisches in Caprihosen auch ein Schild: »Shuttle Antalya«.

»Aha«, hauchte ich. Türkei endete auf i. Antalya nicht.

Gut, mir war schon irgendwie klar gewesen, dass in der Türkei nicht jede Stadt ebenfalls Türkei hieß. Wäre ja auch ein schöner Schlamassel, schon wenn man etwas auf einer Karte suchte.

War aber sowieso zu spät zum Drehen.

Der Shuttle hielt vier Kilometer vom Hotel entfernt – von da aus, so der Fahrer, hätte ich einen Dolmusch zu nehmen, einen weiteren Bus, in Wirklichkeit aber eine Art Rollschuh mit Motor, der bis zu siebzig Personen fasste, aber im Kofferraum eines Smarts geparkt werden konnte.

Ich verbrachte zwanzig Minuten mit dem Gesicht in der Achselhöhle einer Marktfrau, fand das im Großen und Ganzen aber besser als Unna.

Der Bus spuckte mich wieder ins Frittierfett und ich sah zu, dass ich ins Foyer des Hotels kam.

Klimatisiert.

Der Deutsche steht ja im Ruf, seine Wohnung mit dem Geodreieck auszumessen und neben Gott noch die DIN-Norm anzubeten, also wappnete ich mich für eine eher verlotterte Unterkunft. Von wegen jedoch: Mein Zimmer war geräumig, mediterran und verfügte über einen Balkon. Ich verdrängte die typisch deutschen Hornbach-Feng-Shui-Regeln und fühlte mich augenblicklich wohl.

Die Matratze meiner Lagerstatt war selbstredend mit Pudding gefüllt, genau wie in allen anderen Hotels des Planeten – außer in Japan vielleicht, wo man bekanntlich auf Fußmatten schläft und die Hausdame so lange die Matten austauscht, bis man wirklich auf der gemeinsten und rauesten Reisstrohunterlage nächtigt. Der Japaner an sich wünscht blutend aufzustehen, denn seine Entsprechung zum elektrischen Bullenreiten ist schlicht, sich ein wenig hinzulegen.

Ich trat auf den Balkon, sah etwa vier Sekunden zum Pool hinunter und sprintete dann kreischend zurück ins Zimmer.

Ich versuchte es positiv zu sehen. Immerhin war ich der einzige Mensch, der über eine Mikrowelle mit Aussicht verfügte.

Der Pool war schön. Ich schätzte die Wassertemperatur auf 35 Grad und ermahnte mich, entweder nur nachts reinzugehen oder tagsüber einen Badezusatz zu verwenden.

Auf der Straße war die Hitze noch höllischer. Kein Wind. Entspannte, nicht die Bohne schwitzende Einheimische kamen mir entgegen und lächelten mich an. Ich bewegte mich, als betriebe ich Tai-Chi, sah aber eine Minute später trotzdem so aus, als hätte ich mich eingestrullt und wünschte mir ein T-Shirt, auf dem in Türkisch »Hör auf zu grinsen – das ist Schweiß« stand.

Ich musste zügig irgendeinen klimatisierten Ort finden, egal was für einen: Wenn er auch nur ein Grad kühler als die vorherrschenden 50 war, würde ich diesen Ort betreten, gleich ob Blutbank, Schwulendisco oder ausgeschachtetes Bauarbeiterklo.

Ich fand einen Süpermarket, was ich derartig süper fand, dass ich direkt einkaufte. Ich erstand einen Fünfliterkanister stilles Wasser, denn ich hatte gelesen, dass das Leitungswasser in der Türkei längst nicht so bekömmlich war wie jetzt beispielsweise die Matratzenfüllungen.

Schon zum Zähneputzen benötigte ich Wasser. Vielleicht nicht gerade einen ganzen Kanister, aber sollte mich der Wunsch überkommen, mal einen trägen Vormittag lang vier Liter wegzugurgeln, ginge das zumindest.

Die Haut meiner Arme rötete sich bereits. Es wurde Zeit, zum Hotel zurückzugehen und etwas auszuruhen.

In der Lobby wurde ich umgehend aufgehalten.

»Sie dürfen kein Wasser mit ins Hotel nehmen«, sagte mir der Chef der Rezeption freundlich, aber bestimmt.

»Dürfte ich wohl fragen, warum nicht? Ich verstehe, dass ich keine Prostituierten, Feuerwaffen oder Warane mitbringen sollte. Aber Wasser?«

»Wasser bitte nur an der Hotelbar oder aus der Minibar im Zimmer.«

»Klasse – jetzt weiß ich, wo ich's herkriege, wenn mal alle Stricke reißen. Warum ich keins mit reinbringen darf, erklärt es aber nicht.«

»Nur an der Bar«, sagte der Mann lächelnd.

»Warum?«

»Nur Bar.«

Jetzt fiel es mir ein. Die Minibar. Stimmt, da gab's Wasser, hübsche Flaschen, eisgekühlt, 100 Milliliter, vier Euro. Kapiert.

Ich rechnete rasch durch und kam zu dem Schluss, dass es finanziell günstiger wäre, sich nicht mehr die Zähne zu putzen, das ganze Maul vergammeln zu lassen und in Deutschland Implantate in Auftrag zu geben.

»Ach so«, sagte ich. »Verstehe.«

Ich ließ ihn stehen. Er hielt mich nicht weiter auf.

Am nächsten Morgen begann der Krieg um die Wasserrechte.

Ich hatte geschlafen wie ein Baby. Das ist wörtlich zu nehmen. Die Matratze umschloss mich wie eine Fruchtblase und über mangelnde Flüssigkeit konnte ich auch nicht klagen. Als ich mich aus dem Bettkasten schälte, spürte ich nagenden Hunger.

Ich kleidete mich an und ging runter, um mir ein Frühstück einzuverleiben. Es gab Brötchen, und vor allem gab es – ich jubilierte – Smacks. Der Kaffee hingegen war ein Gespenst und schmeckte in etwa so nach Kaffee wie der nass aufgewischte Boden einer Tchibo-Filiale.

Zuerst wähnte ich mich übrigens im Frühstücksraum der Lacklederfetischisten, bis ich befremdet feststellte, dass es sich bei den grellen Gestalten nicht um Perverse in roten Lackoveralls, sondern um Briten mit nackten Oberkörpern handelte. Die konnten was ab. Nicht nur waren sie bis auf die Lungenflügel durchgegart, sie aßen auch Bohnen, wobei sie allerdings nicht ganz so ausgelassen waren wie der Speck, den sie dazu verschlangen.

Andererseits verstand ich sie, die Briten. Schnell gemachtes Frühstück. Speziell der Speck wäre nach dreißig Sekunden auf meinem Balkon kross.

Ich schwamm eine Runde im Pool. Dann ging ich auf mein Zimmer.

Mein Bett war gemacht. Der Boden gesaugt.

Mein Wasser weggekippt.

Unglaublich.

Ich wurde an der Rezeption vorstellig.

»Die Reinigungsdame hat meinen Kanister Mineralwasser weggeschüttet!«

Der Mann an der Rezeption lächelte.

»In der Minibar ist welches.«

»Schön gesagt. Ist ein bisschen so, als wenn mir ein Dieb Geld klaut und auf meine Beschwerde hin sagt: Geh zur Bank, da gibt's frisches. Hm? Kommt mir nicht ganz koscher vor? Was ist das Nächste? Der Mensch besteht zu 90 Prozent aus Wasser – werden sie mich jetzt räuchern wie einen Aal? Na, was?«

»Nehmen Sie aus der Minibar.«

»Umsonst?«

»Nein.«

Ich wandte mich um und verließ das Hotel.

Die üblichen 50 Grad empfingen mich, als wären sie ein alter Kumpel, wenn auch einer von der Sorte, der einen mit »Na, noch nicht tot, du Arsch?« begrüßt.

Ich kaufte zwei Fünfliterkanister Wasser.

Versteckte einen unter dem Bett. Stellte den anderen ins Badezimmer und beschriftete ihn mit einem Kuli: GRIFFEL WEG! IST ZAHNPUTZWASSER!

Dann sah ich mir die Ortschaft an.

Man konnte Kleidung aller Marken kaufen: Levi's, Armani, Boss, Gucci, alles eben. Selbstverständlich war nichts davon echt, aber es galt einfach, eine brillante Kopie zu finden.

Der erste Verkäufer taxierte mich mit Kennermiene.

»Ist das echt?« Ich wollte mir einen kleinen Spaß machen und hielt ein Polohemd hoch, auf dem der Schriftzug BOSS aussah, als wäre er mit Fischerdübeln befestigt worden.

»Ja«, sagte der Mann.

»Quatsch«, sagte ich.

»Doch«, sagte er. »Alles echt.«

Ich griff mir einen Turnschuh von Puma. Nicht schlecht imitiert, aber auch nicht gut, irgendwie. Der springende Puma glich einem Kaninchen mit Körbchengröße C.

»Und der?«

»Auch. Echt.«

Sein Deutsch war geschmeidig.

Ich fingerte eine noch dubiosere Kopie in Kinnhöhe – ein Oberhemd mit 30 Zentimeter hohen Lettern: GUCCI. Die Buchstaben waren vermutlich deswegen so riesig, damit man schon beim Landeanflug auf Antalya sehen konnte, wer die fiesesten Plagiate verkaufte.

»Echt. Von Gucci.«

»Was kostet es?«, fragte ich lauernd.

»Acht Euro.«

»Was?«

»Ja«, sagte er mit tiefer Befriedigung. »Sehr billig.«

»Aber eine Fälschung.«

»Alles echt.«

»Das ist ein Plagiat. Eine Kopie. Eine grauenvolle, hundsmiserable Kopie.«

Ein Brite trat hinzu. Es war bereits elf am Vormittag, deswegen konnte ich ihm kaum verübeln, dass er schwer betrunken war.

»Is original«, sagte er, was in seiner Verfassung klang, als hätte er den Mund voller Bonbons.

»Kauf du dir was mit langen Ärmeln, Hummermann«, erwiderte ich strahlend und auf Deutsch. »Hilft dem Königreich ja nicht, wenn du zu Staub zerfällst.«

Der englische Herr klopfte sich wie ein ehrwürdiger Silberrücken mit der Faust vor die Brust. Sein Trägershirt wurde von einem pavianarschfarbenen Schriftzug geschmückt: Calvin Klein, das aber in groß.

»Original!«, bellte er.

Vom Nachbarladen eilten einige Einheimische hinzu.

Eins aufs Maul stand ins Haus, wie es aussah. Ich hatte die freie Auswahl – britisches Empire oder Einkaufsmeile.

»Was ist los?«, fragte einer der Hinzugeeilten.

»Der Mann sagt, meine Ware gefälscht.«

»So habe ich das nie gesagt«, lenkte ich ein.

»Du sagst: hundemiserabel!«

»Original!«, bellte der Brite erneut. Er schwankte.

»Nee, nee«, sagte ich. »Das ist eine Fehlinterpretation. Ist vielleicht wirklich alles original, hm? Und Giorgio Armani traut sich außerhalb der Türkei nur nicht, seine Initialen in der Größe eines Autobahnausfahrtschildes auf seine Shirts zu drucken.«

Ironie ist eine Sprache, die nicht jedermann versteht.

In der Türkei tut man's. Das machte es nicht besser. Mittlerweile war ich von mindestens acht Personen umringt.

»Okay«, sagte ich. »Ich nehme dann so ein GUCCI-Polo. In Schwarz. Größe XXL.«

»In XXL hab ich nur Gelb.«

»Toll« sagte ich.

Und toll auch, dachte ich, wie prima hier alle Deutsch sprachen.

Der Verkäufer brachte mir das Hemd. Ich betrachtete es und dachte an jemanden, der schon seit 35 Jahren keine Geige mehr in meinem Leben spielte. Du bist mein Freund, Bibo. Ich liebe dich, großer uringelber Vogel.

»Pack aus«, sagte der Verkäufer.

»Nee«, sagte ich. »Muss nicht sein. Ich nehm's so mit. Eingepackt. Ist ein Geschenk.«

»Ney, ney«, sagte er, riss das Zellophan von dem Feudel und hielt mir das Hemd in jener Art an die Brust, die sonst nur Müttern vorbehalten ist, wenn der Junge mal wieder zu träge war, ein todschickes, ich zitiere, »Tee-Shiert« anzuprobieren.

»Schön«, sagte er diabolisch. »Sehr elegant.«

Der Engländer legte mir freundschaftlich einen Arm über die Schulter und kotzte mir auf die Brust.

Jetzt war's auch original.

Ich kehrte in mein Hotelzimmer zurück.

Die Kanister waren ausgekippt. Beide.

Krieg. Gut. Kein Problem.

CSI: Antalya. Ich untersuchte das Waschbecken. Trocken. Die Duschtasse. Gleiches Ergebnis. Sie musste mein Wasser ins Klo gekippt haben.

Ich latschte zum Süpermarket und kaufte ein.

Der nächste Morgen. Ich polterte wie eine Sturzgeburt aus der Umschlingung meiner Matratze und machte mich blendend gelaunt zum Frühstücksraum auf.

Ich aß reichlich. Bohnen, Speck, türkische Sülze, Aufschnitt, stets die Uhr im Blick.

Um halb zwölf beschloss ich, dass es genug war.

Fünf Minuten später war ich auf meinem Zimmer. Das Badezimmer stand unter Wasser.

Ich klatschte feixend in die Hände. Die Reinigungsfrau war mir in die Falle getappt. Ich hatte die Toilettenöffnung mit Klarsichtfolie überspannt. War wohl nichts mit Weggießen von andrerleuts ZAHNPUTZWASSER!

Dann meldeten Bohnen, Speck und Sülze eine Umgebungsveränderung an. Da wollte was ans Licht. Ich entfernte die Folie und nahm Platz. Süßer Triumph.

Das würde sie lehren …

Zehn Minuten später.

»Was haben Sie sich dabei gedacht?« brüllte ich in den Hörer.

»Wobei?« fragte der Rezeptionist zuckersüß.

»Sie haben die Spülung meiner Toilette abgestellt!«

»Ja«, sagte er. »Da war ein Wasserschaden.«

»Der kam aber nicht aus der Toilette, verdammt!«

»Ach«, erwiderte er. »Wissen Sie etwas darüber?«

»Nein«, sagte ich.

»Gut. Am Abend kommt Klomann-Techniker.«

»Am Abend? Ich weiß jetzt nicht genau, wie ich es Ihnen erklären soll ... also das halbe Frühstücksbüffet starrt zu mir rauf.«

»Am Abend«, sagte er erneut.

»Und was bitte soll ich solange machen?«

»Sie gehen auf den Balkon?«

»Oder?«

»Gehen Sie einkaufen. Viele schöne Läden hier.«

»Oder?« Komm, dachte ich. Sag es.

Er räusperte sich.

»Wenn Sie einen Wasserkanister kaufen, können Sie selbst wegspülen.«

Es wurde noch ein schöner Urlaub.

Ich suchte noch am selben Tag den Klamottenladen auf.

»Hallo«, sagte der Verkäufer. »Sie haben schönes braunes Hemd nicht an.«

»Es war gelb«, sagte ich.

»Nur am Anfang. Wo kann ich helfen?«

»Die Chanel-Tasche hier? Ist die echt?«

»Natürlich. Echt.«

»Leder?«

»Echt Leder, sicher. Echt Chanel. Butterweich.«

»Nehm ich.«

»Fünf Euro.«

Harmonie.

An meinem letzten Tag saß ich zum ersten Mal am Strand. Wahnsinn. Ich hatte die Findigkeit der türkischen Mitbürger unterschätzt. Sie die meine aber auch. Die letzten Tage meines Urlaubs hatte ich mindestens vierzig Fünfliterkanister ins Hotel geschleppt. Die hatte ich mit Leitungswasser gefüllt. Sollte die Putzdame es wegkippen, bis sie eine Sehnenscheidenentzündung ereilte. Das Mineralwasser ruhte still und ohne einen Tropfen Verlust in der Tasche von Chanel. Tolles Material. Absolut wasserdicht. Hätte mit Leder nie funktioniert.

Ich betrachtete die Wellen. Wie sie die ohne Wind hinkriegten, war schon cool. Hut ab.

Aber die untergehende Sonne war der Gipfel. Auch rot, glühend und alles. Aber wenn man's wusste, sah man doch, dass sie nicht das Original war. Trotzdem: echt gut gemacht.

Konnte man nicht anders sagen.

Teil 2: Jetzt

»Ich fahr jetzt Zug!«

Facebook-Statusmeldung, Verfasser bekannt

»Wahnsinn!«

Antwort auf diese Statusmeldung, Verfasser ebenfalls bekannt

Mein Diät-Tagebuch

Halloween 2010. Heute ist Kostümparty im Büro.

Ich habe drei Wochen an meinem Jack-Sparrow-Kostüm gearbeitet. Alles dabei – Pluderhose, Leinenbluse, Langhaarperücke, Dreispitz, Weste, falscher Bart, Schnallenschuhe, Kajal.

Das zusammenzutragen und zu nähen hat ewig gedauert und war teuer: Der Fluch der Akribie.

Ich positioniere mich in vollem Ornat vor dem Spiegel und stelle nach eingehender Prüfung fest: Jou, ich sehe aus wie ein Depp.

Selbst bei großzügigster Auslegung von »Ein Mann ohne Bauch ist ein Krüppel« bin ich zu fett. Das sieht nicht aus.

Ich muss was tun. Piraten sehen anders aus. Ich könnte diesen Bauchweg-Gürtel nehmen, den man ebenso unsichtbar unter der Kleidung trägt und der mit dem Druck eines anfahrenden Leopard-2-Panzers den Speck auf seinen Platz verweist. Man wirkt mit dem Bauchweg-Gürtel ein gutes Stück schlanker. Man kann während des Tragens aber nicht sprechen und sollte ihn alle sechs Stunden kurz abnehmen, damit eventuell getrunkene

Flüssigkeiten sich nicht länger im Brustkorb stauen und nach unten abfließen können. Aber es entstehen kritische Situationen, wenn man den Gürtel ablegt, weil einem dann mit dem Geräusch eines Peitschenhiebs das kreischende Fett in die Wohnung schnellt und dabei den Wohnzimmerschrank zerschlägt. Wenn ich das tue, kann ich auch direkt diese Schuhe bestellen, die VÖLLIG UNSICHTBAR NEUN ZENTIMETER GRÖSSER MACHEN. Ausrufezeichen.

Wie das funktioniert, unsichtbar neun Zentimeter größer, steht da nicht. Ich habe zwei Theorien: Entweder enthalten diese Schuhe, völlig unsichtbar verborgen, Einlegesohlen, die aus zwei Stücken herkömmlicher Küchenarbeitsplatte bestehen, die mich entsprechend anheben, wobei dann jeder Schuh völlig unsichtbar dreieinhalb Kilo wiegt und so geräumig sein muss wie ein Samsonite-Hartschalenkoffer, oder in den Schuhkappen verbergen sich zwei kleine Spaten, mit denen ich, während ich herumschlendere, Gruben aushebe, in die meine Mitmenschen dann hineinlatschen und tiefergelegt werden.

Mach ich nicht. Will ich nicht.

Abnehmen ist Trumpf.

Ich mache mir ein neues Kostüm, indem ich ein Blatt nehme und draufschreibe: Viel Spaß, ich hab die Scheißerei. Genau – dieses Jahr gehe ich als Fax und bleibe zuhause, um mich auf meine Diät einzustimmen. Sie beginnt am Morgen des 2. November. Ich werde Buch führen.

2. November

7:00 Uhr

Mache mir Frühstück. Während die Fritteuse heiß wird, fällt's mir ein: Ich mach Diät. Stelle die Fritteuse ab und esse eine Banane.

Im Internet steht, schwarzer Kaffee hat pro Tasse nur eine Kalorie. Super.

7:30 Uhr

Habe 22 Tassen Kaffee getrunken und bin nun sicher: Ich kann tote Menschen sehen. Koffein ist Teufelszeug. Esse noch eine Banane.

8:00 Uhr

Erscheine im Büro.

8:15 Uhr

Uwe aus der Buchhaltung erscheint und fragt, warum mein Hemd voller Remoulade ist.

Ich erkläre ihm, dass Banane pur zu sehr nach Obst schmeckt.

Bestätige, dass ich eine Diät mache.

Uwe sagt, ich müsse viel Wasser trinken.

8:17 Uhr

Schicke den Praktikanten los, um vier Kisten *Staatlich Fachinger* zu kaufen.

Brauche für fünf Flaschen neun Minuten.

Uwe erscheint erneut und überreicht mir feixend einen Briefbeschwerer. Als Motivation, sagt er. Es ist ein in einen Acrylblock eingegossenes *Ferrero-Küsschen*. Spinner.

Trinke noch etwas Wasser. Die toten Menschen verschwinden nach und nach.

8:45 Uhr

Ich muss Pipi.

9:00 Uhr

Ich muss Pipi.

9:05 Uhr

Ich muss Pipi.

9:07 Uhr

Ich muss Pipi.

9:12 Uhr

Uwe kommt mit den Quartalszahlen. Ich werfe einen kurzen Blick darauf, nicke entschlossen und muss dann Pipi.

9:30 Uhr

Frühstückspause. Werfe einen langen Blick auf die mobile Fritteuse in meiner Schreibtischschublade. Lache dann grimmig. Nach 25 Minuten grimmigen Lachens erscheint meine Sekretärin und fragt, warum ich weine.

Will aus der Haut fahren, habe jetzt aber einen unaufschiebbaren Termin: Ich muss Pipi.

10:00 Uhr

Zeit für einen Snack. Geht ein Schokoriegel? Natürlich nicht. Esse noch eine Banane.

Uwe erscheint erneut und erinnert mich an das Meeting um elf. Ich esse noch eine Banane. Uwe meint, ich pack das schon.

Ich esse noch eine Banane.

Uwe sagt, ich solle stark sein. Gesunder Geist, gesunder Körper und so.

Ich nicke und esse noch eine Banane.

Uwe sieht mir zu. Ich sehe ihm beim Zusehen zu und esse noch eine Banane.

10:30 Uhr

Sitze auf der Toilette und habe entsetzliche Verstopfung. Pipi geht aber ausgezeichnet.

10:55 Uhr

Verlege das Meeting auf die Toilette.

11:00 Uhr

Meeting beginnt pünktlich. Soweit ich das hinter der Klotür hören kann, sind alle da. Bei Tagesordnungspunkt 3, neue Vignettenpreise im Nahverkehr, löst sich die Verstopfung wie von Zauberhand.

Übertöne die eintretende Geräuschkulisse durch einen lautstarken Vortrag über die Zukunft des Transportgewerbes.

Klo sieht aus wie nach einem Terroranschlag.

11:40 Uhr

Surfe im Netz. Unser Firmenklo ist bereits auf YouTube.

12:00 Uhr

Betrachte den Briefbeschwerer aus Acryl mit dem *Ferrero-Küsschen* im Kern. Blödsinn.

13:00 Uhr

Ich muss was essen.

Der Betriebsrat meint, die Mitarbeitertoilette müsse vielleicht abgerissen werden. Bananen scheiden also aus.

14:45 Uhr

Betrachte den Briefbeschwerer aus Acryl mit dem *Ferrero-Küsschen* im Kern. Alberner Scheiß. Wen soll das motivieren? Rieche an meinem Tischkalender. Stinkt blöd. Immerhin ist der Tag zur Hälfte rum.

15:00 Uhr

Fühl mich nicht gut.

16:00 Uhr

Der Assistenzarzt meint, dass die Narkose nach gar nichts schmeckt, ich jetzt aber trotzdem die Maske aufsetzen und einatmen müsse. Ich frage, ob ich es bis 17 Uhr ins Büro zurückschaffe.

Er äußert milde Bedenken, da zuerst die Bauchdecke geöffnet und der Acrylblock entfernt werden muss.

Nächster Tag.

Visite. Der Chefarzt meint, der Acrylblock sei völlig unkompliziert zu entfernen gewesen, aber der Schreibtischkalender habe sich ziemlich verkeilt. Werde noch drei Wochen hierbleiben müssen. Schonkost.

Verliere in drei Wochen 23 Kilo.

4. Januar.

Bin zuhause, schlank wie ein Reh.

10. Januar.

Habe ein Schreiben vom Firmenvorstand bekommen, es beginnt mit »Ungeachtet Ihrer offensichtlichen Geisteskrankheit erlauben wir uns, Ihnen folgende Positionen in Rechnung zu stellen ...«

Junge, Junge, was so ein Firmenklo kostet. Dabei war das doch total runtergekommen. Okay, vor allem zum Ende hin. Der Neuaufbau ist auch nicht so teuer. Aber der Schadensersatz für die erblindete Putzfrau.

22. Januar.

Bekomme jetzt Hartz IV.

Wenn »Hartz« jetzt quasi bis auf den Level »IV« optimiert wurde, wieviel gab's dann bei Hartz I? Musste man da monatlich 30 Euro zum Amt bringen? Immerhin: Früher habe ich immer an der Tankstelle eingekauft. Gehe zu LIDL und stelle schockiert fest, dass ein Pfund Butter gar keine vier Euro neunzig kostet.

23. Januar.

Will wieder zunehmen. Hartz IV reicht doch, stelle ich fest: Ein Riegel Palmin hat 90000 Kalorien und kostet nur 39 Cent. Und mit 'ner Banane dazu schmeckt's auch nicht so nach Fett.

Der David ist dem Goliath sein Tod

Ich habe Probleme mit Tanganjika-Cichliden.

Viele werden jetzt gehässig auflachen und sagen: »Was steckt er auch sein dummes Ding überall rein?«, aber so hat es sich nicht zugetragen, denn Tanganjika-Cichliden sind Zierfische, und eine Prostituierte, bei der man sich mit Zierfischen anstecken kann, muss schon ein garstiges Frauenzimmer sein. Egal.

Ich habe es nicht so mit Fischen. Ich führe sogar eine interne, recht subjektive Liste entbehrlichen Lebens und die liest sich folgendermaßen:

LISTE ENTBEHRLICHEN LEBENS

Fische.

Lutz.

Ich schreibe reichlich, nicht nur Listen. Momentan arbeite ich an der Coverversion eines Klassikers, Arbeitstitel: Der kleine

Prinz begins. Ich schrieb gerade an jenem Kapitel, in dem der abgestürzte Pilot das noch pochende Herz des kleinen Prinzen der sengenden Wüstensonne entgegenstreckt und brüllt: »UND? SIEHSTE WAS?«, da klingelte es an der Tür.

Es war Lutz.

Er trug ein Aquarium.

Zu Lutz ist zu sagen, dass er mein Nachbar ist. Ich fände es prima, wenn es das gewesen wäre.

Ist es aber nicht: Lutz ist der personifizierte Bullemann, ein kalter, tätowierter Monolith in Leder.

Lutz schleicht sich nachts in Pflegeheime und pierct die Dementen, und wenn er Flurwoche hat, wird das für Lutz von einem geistig behinderten Jungen erledigt, weil Lutz ihm erzählt, die Treppen seien ein Pony, das unbedingt mit einem nassen Schrubber gestreichelt werden müsse.

Am schlimmsten ist jedoch, dass er Haustürgeschäfte für 1&1 macht.

Er kommt gegen drei Uhr früh, und er geht nur zu alten Leuten. Aber auch 90-jährige Damen, deren einziges technisches Equipment aus einem Doppelzentner lachsfarbener Brokatkissen besteht, schließen zuhauf DSL-Verträge bei ihm ab. Alte Damen haben Angst vor ihm. Ich habe Angst vor ihm. Jeder hat Angst vor ihm. Sogar Lutz.

Wenn er an einer spiegelnden Fläche vorbeigeht, bleibt er stehen, starrt sich an und sagt: »Ey, bleib ruhig, Kumpel, kein Grund, krass draufzukommen hier, ich bin schon wieder weg.«

»Tag, Lutz«, sagte ich. Bei Lutz halte ich es knapp. Er ist riesig wie ein Bauernschrank. Er ist bemalt wie ein Bauernschrank. Auf seine Finger sind Buchstaben tätowiert, die den Satz »VOLL AUF FRESSE« bilden würden, aber durch den Umstand, dass der Mensch nur zehn Finger hat, steht da lediglich VOLL AUF FRE.

Gut, da hätte er vorher drüber nachdenken können, aber ich werde nicht derjenige sein, der ihm das mitteilt. Wir hatten nämlich schon mal ein Gespräch, in dessen Verlauf Lutz Folgendes sagte:

»Weißt du, was ich mal sehen will?«

»Nein«, antwortete ich.

»*Schindlers Liste* in 3-D.«

»*Schindlers Liste* hatten wir ja wohl schon mal in 3-D«, sagte ich.

Das war natürlich ironisch gemeint. Ich muss das nicht erklären. Dachte ich.

Lutz marschierte daraufhin ins Cinestar.

Zwei Stunden später kehrte er blutverschmiert zurück, pochte an meine Wohnungstür und brüllte: »DU LÜCHNER!«

Ich stellte mich tot, das Kind war in den Brunnen gefallen, und da, wo einst das Cinestar stand, ist heute ein Getränkemarkt.

»Hör mal«, sagte Lutz und streckte mir das Aquarium entgegen. »Die haben mir den Strom abgestellt. Du musst ein bisschen auf den Fisch aufpassen. Das Aquarium muss Saft haben. Pumpe und so. Und aufpassen, Kleiner. Das ist eine Tanganjika-Cichlide. Robustes Tier, aber stolz. Anmutig. Obacht. Ist das verstanden worden?«

Selten so genickt.

»Hat er auch einen Namen?«, fragte ich in der Hoffnung, so etwas wie Fürsorge zu demonstrieren.

»Goliath«, sagte Lutz.

»Er heißt Goliath«, hakte ich nach.

»Goliath«, sagte Lutz. »Dieser Fisch ist mein bester Freund. Bis später. Muss jetzt zu EON, Geld einzahlen.«

Da war Widerrede keine Option. Ich nahm ihm das Becken ab.

Das Aquarium war schwer. Im Inneren dümpelte ein vage gestreiftes, witzloses Stück gallertartiger Masse. Goliath, der oder die Tanganjika-Cichlide.

In der Ecke des Aquariums befand sich eine kleine Höhle, die einem Scherzartikelkackhaufen nicht unähnlich war.

Ich hatte mal einen Hund.

Der Entertainmentfaktor von Hund zu Fisch ist, als würde man den Karneval in Rio mit einem Papstbegräbnis vergleichen.

Und ich kannte mich ein bisschen mit Fischen aus. Als ich 13 war, hatte ich mal eine Saugschmerle, das sind so Fische, die unentwegt die Aquariumscheibe entlanggleiten, sich mit ihren dummen Gesichtern festsaugen und nicht vorhandene Algen abfressen.

So eine Saugschmerle kostete seinerzeit vier Mark, und weil ich nie Geld für die neueste Ausgabe der YPS hatte, erstellte ich ein Geschäftskonzept, das mich hau ruck reich machen würde und das vorsah, im großen Stil Saugschmerlen zum Reinigen von Schaufenstern einzusetzen.

Es gab nur noch zwei Hürden zu nehmen.

Die Viecher hielten an der frischen Luft nur Minuten durch, bevor sie die Grätsche machten und zu Boden plumpsten – und ich benötigte das Kapital zur Anschaffung von zwanzigtausend Saugschmerlen, denn die Karstadtfenster sind groß. Wenn ich, so errechnete ich, alle zwei Minuten einen verstorbenen Saugkameraden durch einen frischen ersetzte, würde die Reinigung einer Schaufensterfront nicht länger als eine Woche und kaum mehr als zwölftausend Mark kosten.

Karstadts alte Fensterreinigung machte es allerdings für 15 Mark. In einer Stunde.

Es war nicht direkt ein Kopf-an-Kopf-Rennen.

Fazit: Fische bringen nur was, wenn sie viereckig und paniert sind.

Goliath, die oder der Pflege-Cichlide, würde einen schweren Stand bei mir haben. Allen Hass auf Lutz, die Abrissbirne, würde ich auf den rückgratlosen Goliath lenken, denn Fische petzen nicht.

Schon blöd für so einen Fisch, stumm zu sein. Ich musste lachen.

Ich lachte recht herzlich, wobei ich dachte: Goliath. Wer zum Schinder nennt sein Kind überhaupt Goliath? Das geht ja auf einen Sketch aus dem Alten Testament zurück, David, der Gewöhnliche, gegen Goliath, den lästernden Philisterriesen, die Sache mit der Steinschleuder. Klein schlägt Groß.

Wurde einige Zeit später als furiose Metapher unter dem Titel GODZILLA verfilmt, wobei da weniger das Bild von »Klein schlägt Groß« prägend war als vielmehr die japanischen Nachrichtensprecher, die sich ernst der Kamera zuwandten und sagten: »Godzilla nähert sich nun dem südlichen Stadtzentrum von Tokio. Es sind bereits Spielzeugpanzer auf dem Weg dorthin. Nun: das Wetter.«

Ja, *Godzilla*, das war, und jetzt kommt mal eine Redewendung aus meiner Kindheit, »eine Schau«.

Dann entglitt mir das Aquarium, wämmste auf die Fliesen und zerbarst. Goliath glitt forsch davon, ich setzte ihm beherzt nach und bekam ihn zu packen. Mit dem Schuh. Doc Martens.

Ich hob vorsichtig den Fuß. Es mochte daran liegen, dass Aquariumscheiben die Proportionen verzerren, dann kommt da noch die Lichtbrechung zum Tragen, aber trotzdem:

So flach hatte ich Goliath gar nicht in Erinnerung.

Ich betrachtete das Tier.

Nach zehn Minuten absoluter Stille begann ich mich mit dem Gedanken anzufreunden, Goliath sei in eine recht ausufernde Ohnmacht gefallen, nach weiteren zwanzig Minuten, in denen ich ihn sporadisch mit einem Kugelschreiber anstupste und Parolen wie »auf die Füße, Soldat«, raunte, kam mir folgende Idee: Fischi tot.

Ich musste nachdenken.

Schaltete den Fernseher ein.

»SONDERSENDUNG«, sagte der Nachrichtensprecher, »IM GEBÄUDE DER ENERGIEBETRIEBE EON IN DORTMUND HAT SICH EIN MANN VERSCHANZT UND PRÜGELT BRACHIAL …«

Ich schaltete den Fernseher aus.

Zehn Minuten später.

130 innerorts, Bremsvorgang.

Tierhändler Bornstraße.

»Tanganjika-Cichliden«, hechelte ich noch im Ersterben der Türbimmel.

»Krieg ich erst morgen wieder rein«, sagte der Mann, »gehen weg wie warme Semmeln. Vielleicht ’n Goldfisch?«

Er klopfte an ein Becken: Fisch, dunkelbeige, null Gold, aber Fisch, also Bingo.

»Nehme ich.«

Ich raste heim.

Gut gelöst, dachte ich mit Blick auf den Fisch, da warst du aber mal wieder ganz flott, Bursche.

… Aber irgendwie … weiß nicht.

Zehn Minuten später.

130 innerorts, Bremsvorgang.

Schreibwarenladen.

Meine Stimme war so laut, dass einige Malblöcke mit Pferden darauf sich an den Kanten rollten.

»Einen Edding bitte! Braun! Wasserfest!«

Ich fummelte den Fisch noch im Auto aus dem Beutel und begann Streifen draufzumalen. Wenn man die Augen zusammenkniff, ging's.

Der Fisch kniff ebenfalls die Augen zusammen und starb.

Ich versuchte ihm die kleinen Lungenflügel zu massieren und verrieb den Goldfisch dabei tief in die Schonbezüge.

Zwei Stunden wilde Experimente.

Ergebnisse:

Wenn man Backenhörnchen rasiert, sind die Streifen weg. Und sie neigen zum Ertrinken, sehen dafür aber kaum wie Fische aus. Am ehesten gleichen sie rasierten Backenhörnchen.

Angemaltes Styropor hat keine Mimik. Gut, hatte Goliath auch nicht direkt, aber immerhin hatte er prächtig nach Luft geschnappt auf seiner letzten Fahrt übers Laminat, und derartige Fähigkeiten gehen einem Schnitz aus Styropor völlig ab, angemalt oder nicht. Würde Lutz nicht gerade spontan erblinden, sähe es nur mittelmäßig aus.

Tote Cichliden zu präparieren ist eine Fitzelarbeit. Verständlich, dass »Dr. Tod« Gunther von Hagens zwar Hinz und Kunz die Jacke auszieht und Pferde mit Bauschaum haltbar macht, man auf seinen Pornomessen für Gothics und Heilpraktiker aber nie ein rappelvolles Aquarium voller verstorbener Fische sieht.

Dann der Funke. Die Idee.

Der David ist dem Goliath zwar sein Tod, wird gebibelt, aber wenn man geschickt und teuflisch ans Werk geht ... diabolisch ...

Später.

Als Lutz seinen glitschigen Freund abholte, saß dieser in seiner Höhle, die wiederum in einem brandneuen Aquarium stand. Ich hielt das Becken sehr, sehr fest. Lutz klopfte mir anerkennend auf die Schulter, als er die Tattoos auf meinen Fingern sah.

Ich habe mir mit Edding »Tanganjika Cichliden« auf die Finger geschrieben. Da ich aber leider nur zehn Finger habe, stand da nur TANGA CHICK. Falsch geschrieben, sicher, aber wir redeten immer noch von Lutz.

Ich überreichte ihm das Aquarium. Lutz ergriff es. Rasant entglitt es seinen Pranken, schlug auf und zerbarst. Ich sog Luft in die Lungen und schrie:

»HUCH!« Goliath glitt seine übliche Route, ich brüllte: »WARTE! HAB IHN!«, und trat drauf. Lutz stand erstarrt da.

Der Goliath ist dem Goliath ebenfalls sein Tod, Alter, dachte ich. Das warst du, Abrissbirnennachbar. Das war nicht ich. Das warst du. Sowas von du.

Lutz bückte sich, berührte den nun wirklich enorm flächigen Rest von Goliath und schluchzte.

Dann ergriff er eine große Scherbe des Aquariums. Sie entglitt ihm.

Er schnappte sie erneut, hob sie an sein Gesicht und schnüffelte daran.

»Ist das Babyöl?«

»Wie bitte?« fragte ich.

»Ist das Babyöl?«

»Neee. Nee-neee. Ach was. I wo.«

Lutz, stellte ich fest, war mal gar nicht so doof. Na schön, um Lutz das Entgleiten der Fischbehausung zu ermöglichen und ihm damit alle Schuld am Ableben Goliaths unterzujubeln, hatte ich den Kasten durch gewissenhaftes Einreiben mit Babyöl so glitschig gemacht, dass dagegen ein Profisnowboard die Gleitfähigkeit einer Kiste Schmirgelpapier hatte – ja und? Ich fand das jetzt auch nicht schön, aber immer noch besser, als von Lutz erschlagen, eingetütet und bei eBay versteigert zu werden, oder was Leute seines Schlages so tun, wenn sie traurig sind.

»Hatte nur schwitzige Hände«, sagte ich fest. »Kommt bestimmt von der Fürsorge. Oder so.«

Lutz bedachte mich mit einem langen Blick. Ich hörte die Zahnräder seines Hirns rasseln. Schnappte mir meine Jacke.

»Lutz, ich muss kurz weg. Mein Beileid. Tief empfunden. So ein Missgeschick. Mensch.«

Es wurde Zeit, die Zelte abzubrechen. Wer weiß – wenn Lutz für 1&1 arbeitete, konnte er das vielleicht auch zusammenzählen.

Bis Lutz das ausgeknobelt hat, habe ich hoffentlich ’ne neue Bleibe. Positiv denken. Da, wo vorher EON war, kommt bestimmt ein Mietshaus hin.

Die Feder ist wahrlich mächtiger als das Schwert

Für einen Mann, der Bücher schreibt, gibt es wenig Effizienteres als Werbung durchs Fernsehen.

VERA AM MITTAG fiel flach. Die hätten mich zwar eingeladen und die Reisekosten erstattet, aber dafür wäre es nötig gewesen, die steinalte Nachbarin über mir als »männermordende Schlampe« zu titulieren.

Die Alternative wäre gewesen, mich bei BRITT dahingehend zu outen, dass ich mich gern von entstellten Zwergen in rote Nappaledersäcke einnähen ließ, aber wir brachten keinen Vertragsentwurf zustande, der fixierte, dass während meiner Beichte mein Buch eingeblendet wurde.

Als ich dann eines Abends sah, wie die Teilnehmer von »Das perfekte Dinner« in den Wohnungen ihrer Mitstreiter herumlatschten und alles und jedes aus dem Regal nahmen, beschnupperten oder sich überstülpten, wusste ich, was zu tun war.

Ein Bücherregal, mit Halogen angestrahlt, vollgestopft mit meinen Büchern. Die obligatorische Dame in Loden würde sich ein Exemplar schnappen und »Ja, hallo! Du schreibst?« ausrufen und ich würde »Keine große Sache« antworten, bescheiden lächelnd. Danach würde ich eine Lesung bei der Vorspeise abhalten, die Kamera im Auge, ein gewinnendes Lächeln auf den Lippen. Man würde Fragen stellen, ich würde so tun, als wäre es mir ein bisschen peinlich. Aber ich würde antworten. Oh ja.

17. März

VOX hatte mich vorab einen Fragebogen ausfüllen lassen, der per Post kam.

KOCHEN SIE AUCH, WENN SIE KEINE GÄSTE HABEN – JA, NEIN, GELEGENTLICH.

Ich warf einen raschen Blick auf die Packung mit tiefgefrorenen Kartoffelpuffern, die ich dem Eisfach entnommen hatte – vor drei Tagen, um sie anzutauen. Sie hatten mittlerweile ihren Zenit überschritten, nicht so weit, dass sie schon tatsächlich PUFF! machen würden, wenn man den Karton öffnete, aber vermutlich genug, um im Halbdunkel zu schillern. Es war widerwärtig, aber ich ließ die Packung stehen, weil sie farblich gut mit dem Kinoplakat eines japanischen Karatestreifens harmonierte, das in meiner Küche hängt.

Ich kreuzte GELEGENTLICH an.

KAUFEN SIE STETS FRISCHE ZUTATEN EIN?

Da diese Frage ganz offensichtlich Dickmanns in der Frischebox mit einschloss, kreuzigte ich das JA.

Weitere Fragen folgten, jede ersonnen, um herauszufinden, ob ich den Standards der Sendung entsprach.

Ich kreuzte immer JA an. Immer.

4. Mai

Nach einigen Wochen kam es zu einem Telefonat mit der von VOX beauftragten Produktionsfirma.

»Hallo, Herr Sträter. Doll, dass Sie den Bogen so prompt zurückgeschickt haben. Wir stellen uns als Aufzeichnungstermin Mitte Mai vor, und Sie wären dann auch gleich der Erste, der kocht. Wir würden noch gern mit Ihnen abstimmen, wann wir Ihre Wohnung besichtigen können. Wegen der Ausleuchtung und so.«

»Ja«, sagte ich, um Zeit zu gewinnen. »Ja sicher.«

Es entstand eine längere Pause, die ich nutzte, um meine Zweiraumwohnung unter die Lupe zu nehmen. Sieh es mit den Augen eines Fremden, dachte ich.

»Herr Sträter?«

50 Quadratmeter. Jedes Playstationmodell, chronologisch aufeinandergestapelt. Ungefähr sechstausend Batman-Man-Comics.

»Und wann?«

»Logo«, sagte ich.

Auch meine Sammlung von Playmobil-Piratenschiffen bedurfte einer Tarnung, aber da ich alle an die Wand geschraubt hatte, würde dies schwierig werden.

»Wann?«, sagte der Produktionsmensch.

»Keine Ahnung. Halbe Stunde?«

Er atmete nur scharf aus, sonst hielt er sich fabelhaft. »Wir sitzen in Berlin. Kommenden Donnerstag?«

»Schlecht«, sagte ich. »Ganz schlecht. Da bekomme ich Besuch aus Schlesien.«

»Was?«

»Wattenscheid, meine ich. Freitag?«

Bitte nicht, dachte ich. Wer Donnerstag vorschlägt, konnte Freitag garantiert nicht. Unmöglich, hier wen reinzulassen. Warum hatte ich mir darüber vorher keine Gedanken gemacht?

»Freitag geht«, sagte der Anrufer launig.

Scheiße.

»Also nicht diesen! Den ersten im Juni!«

Er hatte schon aufgelegt.

19. Mai

Das Kamerateam drängte sich in meinem Treppenhaus, zerrte Kabeltrommeln durch die Etagen, fluchte über mangelnde Lichtverhältnisse. Die Gesichter der Fernsehleute wirkten sonderbar trichterförmig, zumindest durch meinen Türspion. Denn ich machte einfach nicht auf.

22. Mai

Ich war der Erste, dessen Menüvorstellung aufgezeichnet wurde. Da ich nicht mal eine vage Menüvorstellung hatte, wählte ich einen Ascheplatz im Dortmunder Norden als Location. Gehörte alles zum Plan.

Die Seniormannschaft der Stammtischformation Dortmund-Eving spielte sich im Hintergrund warm.

»Fangen Sie an«, sagte der Regieassistent.

Er wedelte aufmunternd mit der Hand.

»Vorspeise«, sagte ich, die Augen zu Schlitzen verengt, »Vorspeise …«

»ICH PÖL DIR GLEICH DEINEN ZIEGENARSCH WEG, DU TÜNNES!«, kam es von hinten. Nun waren sie warm. Perfekt getimt.

»Schnitt!« Ich seufzte. Es lief gut.

»Noch mal bitte.«

»Die Vorspeise …« Oh Gott, dachte ich, haltet euch ran.

»MEINST DU, ICH HAB MANSCHETTEN VOR DIR, DU PONYWÄMSER?«

Ich drehte mich um. Läuft.

Ein knorriger Sechziger in einem T-Shirt, auf dem das Quadratschädelmännchen der TRIMM-DICH-Initiative von 1978 abgebildet war, hatte einen anderen Rentner in Keilhose am Wickel. Es lief nach Plan.

»Schnitt! Können wir woanders hingehen?«

»Ich bin hier aufgewachsen«, sagte ich. »Hier liegen nicht nur meine Wurzeln, sondern auch die meiner Konzentration.«

»Aber die Rentner sind ein Störfaktor. Wir ziehen um, sonst ist das Ding gestorben, Herr Sträter!«

Ich nickte nachdenklich, erhob mich und stürzte schreiend zu Boden.

Sofort war ich von Rentnern und Fernsehleuten umringt.

»Ich spüre meine Beine nicht mehr«, flüsterte ich.

»Kenn ich«, knurrte einer der Alten.

»Meinen Sie«, sagte der Regiemann etwas angespannt, »es macht überhaupt Sinn, dass Sie mitmachen?«

Ich nickte schmerzumwölkt.

»Ja. Es dauert nur einen Moment. Maximal eine Stunde. Ist aus meiner Zeit bei der GSG 9.«

»Kenn ich«, sagte der Alte erneut und ich blickte ihn sachte kopfschüttelnd an.

»Kenn ich nicht«, sagte er. »Hab mich vertan.«

Eine junge Frau trat zum Regiemenschen.

»Wir zeichnen das am Schluss auf. Wir haben keinen Ausweichkandidaten. Nicht für Dortmund.«

Als ich wenig später aufstand, blickte ich in die geöffneten Hände der Fußballmannschaft.

»Wir machen das mit dem Geld später«, sagte ich.

2. Juli

Der Abend vor dem Event.

Ich nahm bereits 18 Stunden vor Ankunft meiner Gäste eine kleine Mahlzeit zu mir, indem ich mir die Fingernägel abkaute.

Ich kann nicht kochen. Irgendwie hatte ich mir das Ganze etwas legerer vorgestellt. Aber ich hatte mit der Produktionsfirma einen Vertrag geschlossen – und der war das juristische Pendant zu den Hexenfolterfilmen der Sechziger.

Weder durfte ich während des Essens rauchen, noch entartete Kunst präsentieren oder meine Geschlechtsteile vorzeigen. Das war zwar nicht wörtlich so fixiert, aber es trifft es ganz gut. Unterm Strich war ich gezwungen, das perfekte Dinner so durchzuziehen, dass auch Unbeteiligte glauben würden, dass es zumindest als perfektes Dinner angedacht war.

Immerhin bezahlten sie die Zutaten.

Ich stromerte durch meine Küche. Zeit für eine kleine Inventur.

Es dauerte nicht allzu lange. Ich fand lediglich ein Hanuta, das bereits etwas älter sein musste, denn es lag ein Aufkleber bei, der Karl Heinz Rummenigge als Nationalspieler zeigte.

Die Kartoffelpuffer hatte ich sehr vorsichtig weggeworfen, nachdem die Packung immer mehr Platz beansprucht hatte. Die standen jetzt im Treppenhaus und nervten die Nachbarn der Etage, also immerhin nicht die alte Dame über mir.

Apropos alte Dame, dachte ich.

War mir nicht ein ums andere Mal der Geruch gekochter Speisen in die Nase gestiegen, wenn ich gegen 17:30 Uhr betrunken aus dem Büro kam?

Ein Blick auf die Uhr:

Halb zwölf nachts. Ich atmete durch.

Meine Nachbarin öffnete nach dem vierzigsten Läuten.

»Schön, dass Sie noch wach sind«, eröffnete ich und nahm den Finger von der Klingel.

»Ist es so weit?«, fragte sie. Sie klang unendlich müde.

»I wo«, sagte ich. »Das ist nur mein schwarzer Bademantel. Machen Sie sich keinen Kopf.«

»Herr … Sträter?«

»Richtig. Können Sie Schwertfisch kochen?«

»Junger Mann«, sagte sie, »es ist mitten in der Nacht.«

Ich nickte. »Ich meine natürlich nicht jetzt. So generell.«

»Ich muss schlafen«, sagte sie mehr zu sich selbst. »Ich bin eine alte Frau.«

»Ja eben«, entgegnete ich. »Wäre das nicht was? Auf Ihre alten Tage einen Raubfisch auf die Hörner zu nehmen? Können Sie Gurkensalat?«

Die alte Dame produzierte eine Handbewegung, die täuschend echt jener glich, die im Allgemeinen dazu verwendet wird, eine Tür zu schließen.

»Hören Sie«, flehte ich. »Sie müssen mir helfen! Morgen kommt das Fernsehen, und dann muss ich für einige dahergelaufene Fresssäcke was zaubern. Helfen Sie mir!«

Die Tür war fast zu. Sie schüttelte den Kopf.

Ich nahm das für ein Ja.

Tag der Aufzeichnung.

11:00 Uhr.

Noch eine Stunde bis zum Eintreffen des Kamerateams.

Die Weisungen, die ich vorab bekommen hatte, waren eindeutig: Sträter kocht allein. Keine fremde Hilfe, dazu gelegentlich knappe Erklärungen zu dem, was ich gerade tue.

Nun wurde es ernst.

Was von meiner Wohnung hermetisch abzuriegeln war, war hermetisch abgeriegelt. Meinen Plan, den Durchgang zum Wohnzimmer mittels Rigipsplatten zu verkleiden und überzutapezieren, hatte ich verworfen, denn von diesem Raum aus ging es auch ins Bad, und ich wollte meine Gäste nicht ständig mit zusammengekniffenen Beinen an der Wand abprallen sehen.

Im Vergleich zum eigentlichen Dinner war das auch unwichtig – und das Essen war unwichtig, betrachtete man den maßgeblichen Faktor meiner Planung: das Timing.

Ich machte mich an die Durchführung der letzten Vorbereitungen; das Ringbuch mit dem Masterplan lag vor mir. Ein inspirierendes Zitat von Ismail Kadare bildete die Überschrift:

Der Krieg ist wie eine Kohlroulade, da muss ordentlich Fleisch drin sein.

Ich ging den Ablauf noch einmal durch.

Quelle-Katalog in die Abstellkammer legen. Taschenlampe nicht vergessen.

Halogenstrahler auf Bücherregal fixieren. Auf Halbdunkel im Rest der Wohnung achten.

Den Schwertfisch kühlen.

Darunter, etwas prägnanter:

KÜHL DEN VERDAMMTEN SCHWERTFISCH!

11:07 Uhr.

»Setzen Sie sich doch«, sagte ich zu Frau Gawollek, denn so hieß meine reizende Nachbarin, wie ich ihrer Post entnommen – die ich ihrem Postkasten entnommen – hatte, weil ich unsere aufblühende Freundschaft nicht durch dumme Fragen irritieren wollte. »Möchten Sie einen Kaffee?«

Sie schüttelte den Kopf; gut. Wenn ich etwas nicht hatte, war das Kaffee. Dafür würde in zwanzig Minuten ein ziemlich fies aussehender Salzwasserfisch geliefert und da brauchte ich alle helfenden Hände, die verfügbar waren.

»Frau Gawollek, Verehrteste«, sagte ich und lächelte sanft. »Ich quelle über vor Dank, dass Sie mir zu helfen geneigt sind. Wenn ich das jemals wiedergutmachen kann, lassen Sie es mich wissen. Ohne Ihre Kochkünste würde der kommende Abend nicht das werden, was er werden wird, wenn Sie begreifen.«

»Was werden?«, fragte sie.

»Ein Fest der Sinne«, erwiderte ich. »Nichts weniger als ein Fest der Sinne. Wie bereiten Sie Fisch üblicherweise zu? Wichtig ist, dass so viele Arbeitsschritte wie möglich bis …«, ich blickte hektisch auf die Uhr, »… sagen wir … 11:55 Uhr erledigt sind. Was schlagen Sie vor?«

Frau Gawollek, die Perle, wiegte den Kopf.

»Müllerin Art«, sagte sie schließlich.

Es klingelte.

11:19 Uhr.

Eine kurze Anmerkung: In Brooklyn, New York City, dürfen Esel nicht in Badewannen schlafen. Eine Tatsache.

Oder: Ein Schwertfisch bewegt sich mit 110 Stundenkilometern fort. Die Geschwindigkeit verringert sich allerdings beträchtlich, wenn zwei übellaunige Fischlieferanten ihn tragen.

In der Styroporbox hätte man einen Orang-Utan beerdigen können, Trockeneis waberte aus den etwas undichteren Ecken der Kiste. Also kein Stress wegen der Kühlung.

»Ihrer«, sagte der Kerl, der die Box vorn getragen hatte, und zwar in einer Betonung, als wolle er »friss ihn von mir aus im Treppenhaus« anhängen.

»Super«, sagte ich.

»Jaja, ein Prachtbursche«, erwiderte der Mann am hinteren Ende. Er war schweißüberströmt. »Macht dann 498 Euro 90.«

»Stimmt so«, sagte ich und drückte ihnen 500 Euro in die Hand.

»Wie nobel«, sagte der vordere Sänftenträger meines Stargasts, »ich kauf mir ein Haus davon.«

»Ist Ihr Geld«, erwiderte ich strahlend. »Machen Sie damit, was Sie wollen, hm? Was wiegt das Biest?«

»70 Kilo.«

Müllerin Art?

Wir brauchten zwei Zentner Weizenmehl.

11:30 Uhr.

»Wie zum Teufel soll ich den in der Pfanne braten?«, schrie Frau Gawollek. Dass sie sich so schlecht im Griff hatte, kannte ich gar nicht von ihr. Eigentlich kannte ich Frau Gawollek ohnehin kaum, aber wegen eines Fisches seine Contenance zu verlieren erschien mir unangebracht, auch wenn wir Kochgerät brauchten, das es nur in Orten wie Villarriba und Villabajo gab.

Glänzend schwarz und massig und tot lag das Biest auf dem Tapeziertisch. Jede andere Unterlage hatte sich als zu kurz erwiesen. Ich nahm mir insgeheim vor, bei meiner nächsten Bestellung dieser Art abzuchecken, ob sie neben dem erforderlichen Exotenbonus auch Abmessungen aufwies, die nicht unbedingt einen Wintergarten erforderten.

Noch 25 Minuten. Der Laden um die Ecke hatte keine 100 Kilo Mehl gehabt. Es geht bergab mit dem Einzelhandel.

»Ich habe eine Idee«, sagte ich und nahm ein langes Küchenmesser.

11:45 Uhr.

Geschätzte 30 Pfund Innereien, schillernd wie Christbaumschmuck, befanden sich in dem Eimer, der zwar 30 Liter fasste, aber bis auf fünf Liter voll war, weil ich ihn rasch benutzt hatte, um reinzubrechen, nachdem ich den ersten Schnitt getan hatte. Der Gestank war grauenvoll, der Anblick abscheulich, und Gurken waren auch noch keine gehobelt.

Es wurde eng.

»Können Sie«, wandte ich mich an Frau Gawollek, »in Ihrem Arbeitszimmer mit dem Gemüse anfangen?«

Ich schob sie in die Besenkammer.

»Hier ist was zu lesen«, sagte ich. »Falls Ihnen zwischen den Arbeitsgängen fad wird. Bitte keine Geräusche. Ich darf an sich nur allein kochen. Licht ist hier.«

Die Taschenlampe warf einen fahlen Lichtschein in ihr irritiertes Gesicht.

Es tat mir leid. Gurkenhobeln in der Finsternis war keine Aufgabe für eine Frau ihres Formats, und so tat ich das einzig Richtige und schloss die Tür. Mein Gewissen sollte mich jetzt nicht ablenken.

Ich atmete durch.

Hobelgeräusche aus der Kammer hinter mir, der Geruch nach Raubfischinnereien überall.

Noch einmal kotzen und ich war bereit.

12:00 Uhr.

Das Kamerateam sagte lange Minuten nichts.

»Wow«, presste schließlich einer von ihnen hervor. Es klang wie »Toll!« mit einer Prise »Ich möchte bitte ins Bett«.

»Jap«, sagte ich und klatschte mit der flachen Hand auf das Tier. »Schwertfisch surprise nature.«

Das Team nickte unisono.

»An Gurkensalat«, führte ich aus. »Vorspeise: Inside the Fish, frittiert. Dessert: selbstgemachte Schokoladencreme. Hochlandkakao, Peru. Handverlesen, importiert und conchiert, bis mir der Arm lahmte.« Ich trat den blauen Sack mit den leeren Schokotraum-Schälchen aus dem Lidl in die dunkle Ecke hinter dem Mülleimer.

»Gut, wir fangen an«, sagte der Regiemensch irritiert.

13:00 Uhr.

Routine. Ich knetete und tatschte solange an dem Tier herum, bis die Kameraleute das Interesse verloren und auf Erkundungstour gingen. Als sie sich dem Wohnzimmer zuwandten, füllte ich das tote Monster mit acht Packungen Fischstäbchen, die ich in der Mikrowelle vorgegart hatte. Soviel zu Schwertfisch surprise.

Wieder perfektes Timing: Gerade als ich den Fischbauch zuschnalzen ließ, federte der Kabelträger von dem Fliegennetz zurück, das ich vor die Wohnzimmertür genagelt hatte. »Was soll das?!«, schrie er im Sturz, und ich wollte ihm gerade erklären, dass ich das Netz jederzeit aufschneiden würde, wenn es blasenmäßig bei meinen Gästen nicht mehr ging, als in der Besenkammer die brodelnde Fritteuse umkippte. Frau Gawollek schnellte hervor, und sie sah aus, als wäre Hieronymus Bosch der Pinsel abgerutscht.

»Darf ich Ihnen meine Mitbewohnerin vorstellen?«, fragte ich charmant, aber so blöd waren die von VOX auch wieder nicht.

Am nächsten Tag.

Die Überschrift lautete: SCHON WIEDER!

Dann:

NACH FALL NATASCHA KAMPUSCH: AUTOR HÄLT ALTE FRAU IN BESENKAMMER.

Etwas kleiner darunter:

Von ihrer wohl jahrelangen Gefangenschaft vollkommen zermürbt war sie zur Stunde nicht vernehmungsfähig. Sie redet unablässig und unzusammenhängend über die Schwierigkeit, das Ende der Gurke zu erkennen, wenn man im Dunkeln hobelt. Weiterhin ...

Ich legte die Zeitung weg.

Schade: Ich habe meine Gäste nie kennengelernt. Ein Wermutstropfen, aber verschmerzbar, denn immerhin lief ich auf allen Kanälen – und ich sah gut aus. Jetzt wieder die Zeitlupe. Da ... der Kameramann knallt zu Boden, ich öffne den Mund ... die Besenkammertür fliegt auf, meine Nachbarin kommt mit einem ulkigen Hüpfer hervor ... und da sieht man den Bücherschrank! Ganz kurz.

Dummerweise sagt die Stimme im Off nie »Autor«, aber verhältnismäßig oft »Psychopath«.

Das zeugt nicht gerade vom guten Willen der Sender.

Aber das bin ich ja gewohnt.

Dreisackpavian

Der Titel dieses Textes, *Dreisackpavian*, hat die gleiche Funktion wie die Titel *Keinohrhasen* und *Zweiohrküken*.

Keinen. Kommt nur mal kurz am Anfang vor.

An sich geht's um fair gehandelten Kaffee. Ich kaufe meinen Kaffee zwar immer total unfair, also von Plantagenbesitzern, die ihre Mitarbeiter vor Dienstantritt immer mit einem Rohrstock durchwämsen, aber wenn der Kaffee erst mal bei mir ist: Fairness pur. Kein Gebrülle beim Aufbrühen. Der kann völlig unbehelligt durchlaufen, da fällt kein böses Wort.

Quatsch.

Der Text heißt: Wie ich einen neuen Bühnennamen bekam.

Sträter klingt nämlich nach Filtertütenfabrikant, finde ich. Ich brauch 'n neuen Namen für Auftritte. In Anlehnung an Sebastian 23 bietet sich Sträter 43 an, aber da kommen dann wieder die üblichen Nachfragen: 43, war da nicht Krieg? Ich kann mich sowieso kaum damit befassen.

Mein Sohn hat nämlich ADHS, glaub ich, allgemeines Hektik-Dings-Syndrom-Gedöns. Deswegen kommt mir auch keine übertriebene Technik ins Haus. Ich selbst halt mich auch dran: Beispiel: digitales Blutdruckmessgerät. Brauch ich nicht. Ich hab mir einen Zollstock an die Wand genagelt, und wenn ich wissen will, wie hoch mein Blutdruck ist, klopp ich mir 'ne Sicherheitsnadel in den Arm – wenn das Blut dann auf über 1,80 hochspritzt, weiß ich: besser mal zwei Tage kein fettes Fleisch.

Ich hab auch keinen DVD-Spieler. Natürlich bin ich ein Freund opulenter Filme. Aber das ist nicht gut für meinen Sohn.

Allerdings hab ich da 'n Kumpel, der macht mir aus aktuellen Kinofilmen eine Diaserie. Drei Teile *Herr der Ringe*, 175 000 Dias, leider ohne Ton. Ist trotzdem immer schön, die drei Teile zu sehen, auch wenn ich alle Rollen selbst sprechen muss, damit mein Sohn der Handlung folgen kann.

»Frodo, kleiner Beutlin ... klick ... ein Zauberer ... kommt immer genau rechtzeitig ... nie zu früh und nie zu spät ... klick ... Saruman ... klick ...mein Name ist Aragorn, Sohn von Aratorn ... klick ...was habt ihr denn für hässliche Füße ... da könnt man ja brechen ... klick ...Ein Ring sie zu knechten, sie alle zu finden ...

Könnte natürlich sein, dass mein Sohn in die Jugendpsychiatrie muss, wenn er mal einen Tonfilm sieht. Darum kümmere ich mich, wenn's soweit ist. Ich bin eben keiner, der pädagogisch korrektes Spielzeug kauft – einfach weil ich das noch aus meiner Kindheit kenne: Du wünschst dir eine Action-Figur, präzise den Ninja-Psycho-Big-Jim mit 92 Gelenken, beweglichen Augen und Ausbeinmesser – und bekommst eine Holzlok.

Meine Mutter: »Frohes Fest. Hier, viel Spaß.«

Und ich: »Das ist eine Holzlok.«

»Ja.«

»Trinkt der Weihnachtsmann? Das ist eine Holzlok.«

Da hieß es dann stets: »Na, bemüh mal deine Fantasie!«

Hab ich ja immer beim Spielen mit meinen Freunden versucht: Timo von nebenan hatte den waffenstarrenden Tiefsee-Kalashnikow-Big-Jim, Udo den Bluttrinker-Rastafari-Big-Jim mit Stahlgebiss, sogar Lothar führte das Kommando über einen Assassinen-Schaftstiefel-Rasierklingenesser-Big-Jim, und ich hockte mittendrin und schwenkte wie ein Geistesgestörter meine Scheiß-Holzlok.

Lothar brüllte: »ICH FRESS DEINE EINGEWEIDE, PSYCHO-JIM, DU ERLEBST DEN MORGEN NICHT«, Udo schrie: »ICH REISS DIR DEN KOPF AB UND PISS DIR IN DIE AUGENHÖHLEN«, im Sandkasten war richtig Randale, und Timo, der lange Zeit nicht richtig sprechen konnte, so bis er 22 war, der ist dann direkt zum Bund, jedenfalls, Timo konterte bellend mit »ICH MACH DICH FRIEDHOF, DU PUPS!«, und dann schwenkten alle Blicke zu mir, Stille trat ein und ich hob die Lok und sagte »TUFF TUFF«.

Mein Sohn soll's besser haben. Aber nicht so gut, dass er gleich eine Nintendo Wii kriegt.

Damit kam er nämlich zu mir, als ich gerade über meinen neuen Slammer-Namen nachdachte.

»Papa, ich will eine Wii!«

»Wozu?«

»Weil ... was ich vorm Fernseher mache, tut dann der im Fernseher auch. Genau das Gleiche.«

Na immerhin, das kannte ich von Dittsche. Trotzdem.

»Wie? Der macht das Gleiche wie du? Das funktioniert auch vorm Spiegel vom Allibert im Bad, da braucht man keine Wii«, sagte ich.

»Der Fabian in meiner Klasse hat sogar eine X-Box.«

»Ja«, erwiderte ich, »der geht auch ab August auf ein katholisches Internat.«

»Und wenn ich da auch hingehe?«

»Eher gehst du auf eine Ganztagsschule im Gazastreifen. Und nun schweig still, Sohn, denn ich muss nachdenken.«

»Worüber?«

»Meinen Bühnennamen. Da muss was Besseres her.«

»Nimm SpongeBob.«

»Ist mir irgendwie zu schwammig.«

»Und Prinzessin Lillifee?«

»Ich glaub, du gehst doch auf ein katholisches Internat.«

Natürlich wusste ich, dass ich das nie zulassen würde. Hatte ich doch seinerzeit versucht, meine innere Mitte zu finden und deswegen für eine Woche Zuflucht in einem katholischen Kloster am Niederrhein gesucht, einfach, um der Stille zu lauschen.

Immerhin: 40 Minuten hatte ich mitgespielt, dann hatte ich die Mutter Oberin antanzen lassen und krakeelend gefragt, warum ich hier kein W-LAN-Signal kriege, denn ihr müsse ja wohl klar sein, dass nur, weil man etwas nicht sehe, das nicht heiße, dass es nicht existiere, oder? Ich mein, wenn Gott unsichtbar ist und trotzdem da, warum krieg ich dann kein Firefox auf? Ich lasse meinen Sohn trotzdem beten, bevor er schlafen geht. Und so fügte sich jüngst, dass sich gleich zwei meiner Probleme lösten.

Während er zu Gott sprach – ein Monolog, der ausschließlich von Spielekonsolen handelte, ein Thema, dem Gott wohl gewogen sein mochte, zockte er doch selbst sehr gern Simulationen wie »Ich bin mächtig wie Hulle, aber ab und zu rutscht mir ein Bus mit Schulkindern von einer Talsperre«, oder er daddelte seinen allseits beliebten Ego-Shooter namens »Also entweder lass ich im Kölner Dom die Madonna aus den Achselhöhlen bluten ODER ich halte mein Bodenpersonal davon ab, Knaben zu befummeln, beides geht nicht, sucht's euch aus«, jedenfalls also betete mein Sohn und ich hockte rum.

Dann fiel mein gelangweilter Blick auf den CD-SPIELER auf dem Nachttisch. Das einzige Stück Unterhaltungselektronik im Haus, damit mein Kind noch Hörspiele hören konnte, bis er eingeschlafen war. Das war früher mal mein Gerät gewesen.

Während er also betete, ließ ich gelangweilt das CD-Fach aufgleiten, spähte hinein und dachte: Oha.

Mein Sohn, wurde mir schlagartig klar, hatte gar kein ADHS. Der Grund, warum er manchmal mitten im Unterricht übermüdet umkippt und dann wie frisch verlegtes Laminat rumliegt, der Grund, warum mein Sohn ein Meerschweinchen nicht von einem Flummi unterscheiden kann, weswegen ich immer einen ganzen Batzen Sagrotan-Tücher im Haus habe, der Grund also, warum ich dachte, mein Sohn habe ADHS, hatte nur einen Auslöser:

Ich hatte ihm den CD-Spieler hingestellt, ohne mir das Ding vernünftig anzugucken, und deswegen hörte mein Sohn seit nunmehr drei Jahren stets eine meiner CDs zum Einschlafen, präzise gesagt, eine von SCOOTER. Das erklärt immerhin, warum mein Sohn zuverlässig zu weinen anfängt, sobald er im Fernsehen ein Megafon sieht.

Zu meiner Entlastung muss ich sagen, dass ich Scooter-CDs ja nur wegen der Texte kaufe.

I want you back so clean up the dish.
By the way, how much is the fish?!!
How much is the fish?!!
Here we go, here we go, here we go again!!
Yeeah!!
Sunshine in the air!!

Aber besser macht es das nicht.

Ich drehte den Lautstärkepegel von zwölf auf zwei, entnahm die CD, ging ins Wohnzimmer und genoss die Stille. Viermal schon hatte ich meine Nachbarn wegen des Radaus beim Mieterschutzbund angeschissen, ohne zu merken, dass der Lärm aus dem Kinderzimmer kam. Endlich konnte ich mal in Ruhe denken.

Ich setzte mich an den PC, öffnete Firefox und las: HUNDERTWASSER-Ausstellung in Dresden. Es machte klick.

Mein neuer cooler Bühnenname … ich mach's wie Friedensreich Hundertwasser. Der hieß ja auch nicht wirklich so, Friedensreich Hundertwasser.

Brillantes Namenskonzept, so Wunsch als Vorname und Flüssigkeit hinten.

Ich werde mich Bumsgut Krombacher nennen.

So machen wir's. Und wenn ihr jetzt tatsächlich immer noch überlegen müsst, was das jetzt gerade für ein unfassbarer Schwachsinn war, kann ich nur sagen – bemüht mal eure Fantasie.

Tuff Tuff.

Idiotenpraktikum I

Der Chef der Videothek hieß Kevin und trug ein so labbriges Nike-Sweatshirt, dass ich vermutete, er würde das Kleidungsstück nach jedem Waschgang zum Trocknen über die Schnauze eines Intercitys ziehen. Kevin war Anfang dreißig und trug die Haare nach Art alter Gruselfilme mit Peter Cushing, also oben mit Frittierfett straff nach hinten gebogen, seitlich mit monströsen »Was kostet die Welt«-Koteletten verbrämt. So sonderbar sein Aussehen, so weltmännisch sein Auftreten gegenüber Kunden – ein Menschenschlag, der auf Kevins Beliebtheitsliste organischer Lebensformen vier Plätze hinter Sackratten rangiert.

Kevin spielte von Beginn seiner Schicht, neun Uhr, bis zu deren Ende, 22 Uhr, ausschließlich *World of Warcraft*.

World of Warcraft, in dem er ein finsterer Krieger war, der im Gegensatz zu Kevin selbst ständig dazulernte und an Tagen, wo es gut lief, Geschenke in Form von Schienbeinschonern aus den Vorhäuten dahingeschiedener Drachen erhielt.

World of Warcraft ist eine Droge für Leute, die keine Nadeln abkönnen, aber einen DSL-Anschluss haben. Durch den Umstand, dass es genug digitale Dunkelelfen gibt, um mehrere Stadien zu füllen, kommen ganze Industriezweige zum Erliegen, weil die Leute sich durch weltweit aufflappende Chatfenster mit anderen, von ihren Besitzern gepimpten Pixelpennern zusammenrotten, um mal wieder irgendeinem Ebene-12-Zauberer den Arsch aufzureißen. Statt zu arbeiten.

Kevin hingegen führte immerhin eine Videothek.

»Morgen, Kevin«, sagte ich. Wir waren übereingekommen, dass ich ein eintägiges Praktikum bei ihm machte, und seine leicht abwesende, telefonische Bejahung dessen hatte geklungen, als wäre es auch okay, wenn ich den Laden anzünden würde.

Wir kannten uns lange, aber der Zugang zu ihm wurde immer schwieriger.

»Morgen ... hier ... Dings«, sagte er, ohne vom Flachbildschirm aufzusehen.

»Torsten«, erwiderte ich.

»Genau.«

»Kaffee, Kevin?«

»Klar. Koch einen, ja?«

»Du hast keine Kaffeemaschine. Ich hol ihn für uns immer im Sonnenstudio.«

Er blickte kurz auf.

»Echt?«

»Ja. Was für einen willst du?«

»Was für einen was?«

»Kaffee, Kevin.«

»Super Idee. Dann nehme ich auch einen.«

Ich nickte und ging los.

Kevins Videothek kauert mit ihren 100 Quadratmetern zwischen einem Dönerladen und einem türkischen Geschäft, das außer Kistenbier, Zeitschriften und Obst auch ziemlich ordentliches Popcorn in Plastikschläuchen anbietet. Dazu jedoch später mehr.

Ich holte uns zwei Kaffee, balancierte die Tassen zum Tresen und betrachtete Kevin beim Töten, während ich mein Getränk schlürfte.

Ich hoffte, ich könnte in einem Beratungsgespräch auftrumpfen. Eine Minute später war's soweit; eine ältere Dame betrat den Laden.

»Guten Tag«, sagte sie, »ich such den neuen Film mit diesem ... Spanier.«

Wie erwartet blickte Kevin nicht auf; sein Blick war auf den Monitor geheftet und man sah ihm an, wie sehr ihn der Umstand, dass er *World of Warcraft* lautlos spielen musste, ankotzte.

»Spanier«, sagte er.

»Ja, dieser Dunkelhaarige ...«, setzte sie an.

»Ach was«, sagte Kevin. »Nicht der Albino-Spanier? Ein dunkelhaariger? Echt jetzt?«

»Hören Sie«, sagte sie, »wenn das hilft: Er hat auch diesen Maskierten gespielt ...«

»Wen?«, blaffte Kevin. »Den Elefantenmenschen? Fantômas?«

»Kevin«, murmelte ich, »sie meint Antonio Banderas. Zorro.«

»Richtig«, sagte die Frau.

»Ja und?«, sagte Kevin.

»Nix und«, sagte ich.

»Was kommt denn als Nächstes hier?«, brauste Kevin auf. »Ein alter Opa, der einen Film mit diesem »Grünen« sehen will? Und dann raten wir ein paar Stunden lang, ob er Hulk, Otto Schily oder Godzilla meint? Ich muss hier einen Aufstand der Untoten niederschlagen; da kann man nicht noch jeden Film eines Südländers runterbeten, verdammte Hacke! Das sind zu viele!«

»Südländer?«, fragte die Dame.

»Untote! Und die einzige Online-Unterstützung, die ich dabei habe, ist so eine unterentwickelte Presswurst aus Wuppertal. Ich fresse Zorros dreckiges Hutband, wenn der älter als 13 ist. Da kann ich gleich meine Omma fragen, ob sie ein altes Modem an ihre Nachttischlampe anschließt! Da kann sie sich dazugesellen. Vielleicht gibt's bei *World of Warcraft* ja Leasing-Hexen mit Schrubber.«

»Ich geh mal mit Ihnen durch«, sagte ich zur mittlerweile sichtlich irritierten Dame.

Wir spazierten zu den Regalen.

»Was passiert denn darin? Also in dem Film.«

»Banderas verliebt sich.«

»Antonio Banderas verliebt sich in ausnahmslos jedem Film. Tut mir leid. Wenn Sie jetzt Johnny Depp gesagt hätten …«

»Ist der Spanier?«

»Nein, der ist vor allem Pirat. Oder Friseur.«

»Hat er Zorro gespielt?«

»Noch nicht. Vorschlag – wenn Sie drei leihen, bekommen Sie einen umsonst.«

Ich stellte ihr drei Banderas-Streifen zusammen, darunter auch *Once upon a time in Mexico*, in dem Johnny Depp die Augäpfel herausgerissen werden ... was die Dame lehren sollte sich Filmtitel zu notieren, solange ihr Augenlicht noch da war.

Sie war sehr angetan von meinen Bemühungen, obwohl unser Gespräch des Öfteren von Kevins Ausrufen wie »FEUERMAGIE, DU DRECKSAU! Nimm Feuermagie!« unterbrochen wurde.

Ich suchte die Filme aus den entsprechenden Regalen.

Kevin spielte.

Der nächste Kunde fragte dann tatsächlich, ob wir Popcorn im Programm hätten.

»Nein«, sagte Kevin.

»Oh«, sagte der Mann. »Warum nicht?«

»Wenn Gott gewollt hätte, dass man Lebensmittel zum Explodieren bringt, hätte er Zündschnüre an Zervelatwurst gemacht. Ist klar, oder?«

Ich schloss die Augen. Kundenfreundlichkeit war eine Sache: Wenn Kevin der Auffassung war, potenzielle Kunden sollten behandelt werden wie chinesische Flüchtlinge, die nachts über seine Balkonbrüstung klettern, war dies sein Privatvergnügen. Aber es musste ein Mittelding zwischen exzellentem Service und aus Versehen generiertem Umsatz geben.

»Warum machen wir nicht einfach Popcorn?«

»Ist klar«, sagte Kevin. »Popcorn. Warum backen wir nicht 'ne Hochzeitstorte? So vierstöckig. Ich hab im Keller bestimmt noch 'n Zentner Marzipan.«

»Ich verstehe ja, dass du gern zocken willst. Aber dann sollten wir hier abschließen, bevor du irgendwann gelyncht wirst.«

»Das hier«, sagte Kevin, »ist nicht der Wiener Opernball. Hier wird nicht bewirtet.«

Ohne die Augen von seiner digitalen Schlachtplatte zu nehmen, drückte er einen Knopf der Registrierkasse. Ich spähte über seine Schulter. Ein einzelner Hunderter lag im Geldscheinfach. Kevin nahm ihn heraus. »Wenn du es schaffst, auch nur eine Portion Popcorn zu verkloppen, bekommst du den hier.« Er heftete die Banknote an die Korkpinnwand neben der Stereoanlage.

»Super.«

»Ist klar.«

»Das schaffe ich.«

»Ist klar. Noch was. Du hast zwei Stunden Zeit.«

»Kein Problem.«

»Ist klar.«

Ich huschte rüber in die Bude des Türken nebenan und kaufte einen Halbmeterschlauch Popcorn. Vier Euro. Die Aufschrift lautete: Frisches POPCORN, raffiniert gesüßt. Soso, dachte ich, raffiniert gesüßt. Super.

Als ich zurückkehrte, befand sich Kevin in einem weiteren Kundengespräch.

»Welchen Film mit Stallone können Sie mir empfehlen?«,

fragte der Mann gerade; er trug eine Mütze mit dem Konterfei von Tupac und hatte die Hände in den Taschen seiner Cargohose versenkt.

Kevin hob tatsächlich den Blick.

»Stallone«, sagte er. »Empfehlen?«

»Ja – ein bisschen was mit Handlung und Substanz«, sagte der Typ.

»Oh«, sagte Kevin. »Klar: Da gibt's nur eins für Sie – den Stallone-Streifen schlechthin. Da spielt er einen alten Mann, der sich in der Liebe zu Frauen verliert, bis er in den Wirren der Prager Unruhen die Eine kennenlernt und sich in einem verwirrenden Vexierspiel aus Abhängigkeit und Begierde wiederfindet – dieses Meisterwerk ist repräsentativ für Stallones Arthouse-Serie, und als der Off-Erzähler, der Quasiplatzhalter für Gott den Allmächtigen, sagt: Das Drama eines menschlichen Lebens kann man immer mit der Metapher der Schwere ausdrücken. Man sagt, eine Last ist einem auf die Schultern gefallen. Man vermag sie zu tragen oder auch nicht: Man bricht unter ihr zusammen, kämpft gegen sie, verliert oder gewinnt, antwortet Stallone: Es ist erst vorbei, wenn es vorbei ist. Den müssen Sie sehen, wenn der Prager Frühling und die fragile Stimmung dieser Zeit Ihnen etwas bedeuten – wenn Ihr Herz schlägt. Die DVD steht in Regal vier. Sie heißt: Die unerträgliche Leichtigkeit von eins in die Fresse.«

Der Kunde nickte, ging vier Schritte in Richtung der Regale und blieb dann wie angewurzelt stehen. Dann drehte er sich um.

»Sie wollen mich wohl verarschen?«

»Wer hat denn mit der Scheiße angefangen?« fragte Kevin.

Der Kerl atmete scharf ein. Ich nutzte meine Chance:

»Bisschen Popcorn?«

Der Mann mit der Mütze warf mir einen blutunterlaufenen Blick zu und verließ den Laden.

»Jetzt sind es nur noch eine Stunde und 56 Minuten«, sagte Kevin.

Er langte hinter sich und knallte eine Handvoll Etiketten auf den Tresen.

»Hier ... geh mal runter und häng die wieder auf. Sonst können wir die Filme nicht neu verleihen.«

Runter bedeutete die Erwachsenenabteilung – die Hardcorehölle im Tiefgeschoss.

»Ich kenn die Nummern nicht.«

»Die stehen auf den Hüllen.«

»Muss das sein?«

»Du bist mein Praktikant. Das muss sein. Ist klar, hm?«

Ich ergriff das Pfund Etiketten und latschte nach unten.

Komisch: Im Tiefgeschoss wimmelte es von Männern in Jogginganzügen, obwohl es oben völlig leer war; die Kerle mussten seit Stunden hier unten sein und sie benahmen sich wie russische Doppelagenten, versteckten sich hinter den Regalen, senkten die Köpfe und murmelten vor sich hin.

Ich ging nochmal rauf.

»Kevin«, sagte ich. »Da unten sind mindestens acht oder neun Leute.«

»Die kommen schon wieder hoch.«

»Ja wie? Hältst du die da unten?«

»Neee, die informieren sich erst mal. Eigentlich ganz robuste Klienten, aber einige von ihnen können nicht abwarten, bis sie zu Hause sind.«

»Wie bitte?«

»Du weißt schon.« Er machte eine Handbewegung, als würde er einen Würfelbecher schlenkern.

»Gib mir Gummihandschuhe!«

»Brauchst du nicht. Die Etiketten hängen ja unter den DVD-Covers.«

»WAS?«

»Begrüß sie nur nicht mit Handschlag.«

Ich ging wieder runter; die Regale beherbergten mindestens 500 Pornos, und die waren keineswegs nach den Nummern auf den Etiketten sortiert, sondern nach Unterkategorien, wie ich den über den Regalen festgepappten, laminierten Schildern entnahm. Kevin hatte sie nicht nur selbst gebastelt: Auch die persönlichen Anmerkungen schienen von ihm zu stammen.

»Kanister Körperflüssigkeiten – nimm die rechte Hand, vergiss das Pfand«

»Schwarze Mambas – bitte zwei Meter vom Bildschirm entfernt sitzen«

»PERVERSE DOKTORSPIELE – keine Praxisgebühr«

sowie:

»Gangbang: 25 auf einen«.

Bis einer weint, dachte ich.

»Torsten?«, hörte ich hinter mir.

Was für ein Klischee. Man trifft sich in der Pornoabteilung. Gottlob arbeitete ich hier. Ich drehte mich um, um zu sehen, wer es war. Mein Nachbar.

Wir trafen uns mitunter im Haus und sagten uns dann Guten Tag. Er hatte einen ziemlich festen Händedruck. Jetzt wusste ich auch, woher.

»Martin«, sagte ich entspannt. »Na?«

»Ey, Sträter. Auch zum Keulen hier? Hast ja ’n Arschvoll Filme auf der Hand.«

»Weniger. Ich arbeite hier. Die Dinger hier hänge ich nur auf.«

Er zwinkerte mir zu. »Muss dir nicht peinlich sein.«

»Ist mir nicht peinlich. Es ist Arbeit.«

Ich begann die Regale nach deckungsgleichen Nummern abzusuchen. Ich fand rein gar nichts, was zusammenpasste.

»Sicher? Scheinst dich nicht besonders auszukennen.«

»Ich arbeite hier!«, sagte ich nun bedeutend weniger entspannt.

»Logisch«, nickte Martin. »Lockere dich. Wir sind hier unten eine Art kleine Familie.«

Genau, dachte ich, ihr seid die Anal-Waltons, immer einen lockeren Spruch auf den Lippen, stets die Hand am Sack. Ein Schauer durchlief mich.

»Unter einer Familie stell ich mir irgendwie was anderes vor, du«, erwiderte ich.

»Du siehst das zu eng. Musst nicht erzählen, dass du hier arbeitest, Kumpel.«

»Komm mit rauf«, sagte ich. »Komm schon.«

»Ich bin hier noch nicht fertig.«

Ich schwor mir, ihn bei nächster Gelegenheit anzuscheißen, wenn er die Flurwoche verpasste.

»Du kommst jetzt mit rauf! Da klären wir das.«

Als wir den oberen Treppenabsatz erreichten, sagte ich zu Kevin:

»Erklärste dem hier mal, dass ich hier arbeite.«

Kevin blickte vom Monitor auf und sah mich lange an. Dann runzelte er die Stirn.

»Entschuldigung – kann ich irgendwas für Sie tun?«

»Kevin«, sagte ich mühsam beherrscht, »sag dem Mann einfach, dass ich hier arbeite.«

»Ich kenne Sie nicht, Herr. Wollen Sie hier etwa Randale machen? Stimmt irgendwas nicht mit Ihnen?«

»Kevin!«, brüllte ich. »Lass den Scheiß!«

»Ich lasse mich hier nicht von irgendeinem Onanisten duzen!«, brüllte Kevin zurück. »Benehmen Sie sich oder ich werfe Sie hinaus!«

Martin klopfte mir auf die Schulter, eine Geste vollen Mitgefühls. »Wir sehen uns unten, hm?«, sagte er.

Ich schloss die Augen.

»Kevin«, sagte ich, »warum hast du das gemacht?«

»Entschuldige«, sagte er. »Aber du musst lockerer werden. Schon Popcorn an den Mann gebracht?«

»Ich pfeif auf den Hunni. Du Arschloch.«

»Ist klar. Sei etwas selbstständiger. Du kannst hier völlig kreativ sein«, sagte Kevin. »Mach, wonach dir der Sinn steht.« Er wandte sich wieder seinem Computerspiel zu.

Eine Stunde später war ich mit meiner Welt wieder im Reinen.

Ich brachte Kevin mit versöhnlicher Geste die Schüssel Gratis-Popcorn und stellte sie ihm hin.

Kevin nickte anerkennend; das Geschäft lief nun, gegen Nachmittag, auch bedeutend besser.

Möglich, dass es an meinen Marketingmaßnahmen lag – der Keller war nun leergefegt, denn alle Typen hatten aufgehört, im Tiefgeschoss an sich herumzufummeln und wie Ölgötzen vor den Regalen zu stehen, und stattdessen angefangen, exzessiv Pornos auszuleihen.

Ich hielt es für möglich, dass es an meiner neuen Verleihaktion lag: Vier Filme, nur zwei bezahlen – Bedingung: Man hängte am nächsten Tag die Etiketten selbst auf. Ich nannte es »Das große Wichspaket« und freute mich über den regen Zuspruch, den die Schüssel mit Popcorn gefunden hatte. Kevin hatte schon Recht: robuste Klienten. Man musste ihnen nur Anreize bieten. Deswegen hatte ich bei »BITTE ZULANGEN« Popcorn mit Doppel-P geschrieben, und sie hatten in die Schüssel gelangt, als gäbe es kein Morgen.

Ich sah Kevin beim Verzehr der Reste zu; er hob wie üblich nicht den Blick.

Ich zerknüllte den Plastikschlauch mit dem Aufdruck auf dem Popcorn, auf welchem »raffiniert gesüßt« stand und fragte:

»Ist lecker?«

»Jap«, sagte er, »ich mag das Salzige eh lieber.«

»Ist klar«, sagte ich.

Klassenpflegschaft

Ich muss mir bald eine Nebenerwerbstätigkeit suchen, weil ich mit meinem jetzigen Vollzeitgehalt nicht mehr klarkomme. Ich habe schließlich eine Handvoll recht kostspieliger Hobbys, zum Beispiel Kokain.

Sicher kann man da jetzt den Zeigefinger heben und entrüstet tun, aber wer jemals seinen Sohn zur Schule gebracht hat, ohne vorher mit dem Rüssel über den eingeschneiten Klodeckel gegangen zu sein, weiß, wie sehr da der Spaß auf der Strecke bleibt.

Die gesamte 1B freut sich jedenfalls stets ein Bein ab, wenn ich pünktlich um 7:59 Uhr um die Ecke gebogen komme, und zwar in einem Tempo, bei dem Colt Seavers alles vollkotzen würde.

Toll auch, dass ich auf Kokain enorm eloquent bin; ich möchte es fast wortgewaltig nennen.

So habe ich beispielsweise meinen Sohn motiviert, selbstständig unsere Wäsche zu waschen.

Ich bin richtig gut.

Aber nur ungern erinnere ich mich daran, wie ich es fast zum Klassenpflegschaftssprecher brachte.

Der herkömmliche Elternabend an sich gibt mir ja nicht so viel. Da werden nur Dinge geregelt wie: Soll das Milchgeld vierteljährlich bezahlt werden, Klassenfahrt schon zum vierten Mal in den Harz oder lieber Hartz IV und Klassenfahrt nach Castrop – oder wenn wir für Christen Kreuze ins Klassenzimmer hängen und für die Muslime ein Bild ihres Gottes, also quasi, wie ich mal scherzhaft bemerkte, Allah Card, was oder wen hängen wir dann für Jedi-Ritter auf, falls mal einer eingeschult wird?

An diesem besonderen Abend im Klassenzimmer meines Sohnes ging's allerdings darum, wer der König der Eltern wird, der Kummerkasten für all diese Leute in ihren Jack-Wolfskin-Multifunktionsfolien ... und da kam ja wohl nur einer in Frage.

Die Klassenlehrerin meines Sohnes holte Formulare hervor, und wieder einmal dachte ich im Stillen: Was hat diese Frau für eine grobporige, gerötete Haut. Das ist ja nicht schön, uiuiuiui.

Da die Dame als sehr empfindlich galt, traute sich niemand, sie mal darauf anzusprechen. Gerüchte besagten, dass sie schon mal einen Nervenzusammenbruch gehabt hatte, weil ihr jemand einen anonymen Zettel mit »Versuchen Sie einmal Urea-Salbe« ins Lehrerzimmer gelegt hatte. Da war Sensibilität gefragt. Oder man sagte am besten gar nichts. Ein Vater, der seiner Tochter immer Radieschenbrote mitgab, wurde zum Schriftführer bestellt. Hernach, so die Klassenlehrerin, konnten wir Eltern kurz argumentieren, warum ausgerechnet wir für das Amt des Pflegschaftssprechers prädestiniert waren.

Ich erbat eine kurze Auszeit und suchte die Waschräume auf.

Ich holte das Koks hervor und legte eine so exakt gerade Linie, dass ich mir vornahm, mich selbst als Aushilfslehrer für Geometrie vorzuschlagen. Konnte ja immer mal was sein.

Drei Minuten später kehrte ich zurück. Ab hier wird es sonderbar.

Ich bin mir noch immer ziemlich sicher, Folgendes gesagt zu haben:

»Sehr geehrte Eltern, liebe Freunde: Ich würde gern das Amt des Klassenpflegschaftsvorsitzenden bekleiden, weil ich der Ansicht bin, dass unsere Kinder unsere Zukunft sind und dass man Eltern nicht alleinlassen darf – lassen Sie mich also Ihr Ansprechpartner in allen Belangen sein. Was immer ich tun kann, werde ich tun. Vielen Dank.« Meiner Erinnerung nach habe ich dann sanft genickt und wieder Platz genommen.

Irritierenderweise liest sich das Protokoll etwas anders.

Dem Bericht des Schriftführers nach sagte ich in etwa das hier:

»JO!« Eine Minute Pause.

»JO! Freunde, sage ich, FREUNDE!«

Dann sage ich:

»Hier isser, jawollski, hier isser, Mister Pudding, der Oberlude, Kuckuck. Was geht?«, gefolgt von dem etwas kryptischen Satz: EIN SCHASCHLIK IM DATEIANHANG.

Wieder eine Minute Stille. Dann weise ich mit dem Kinn durchs Fenster auf die Bankfiliale auf der anderen Straßenseite und brülle:

»DAS IST SPARDA!«

Plötzlich reiße ich den Arm hoch und zeige mit zitterndem Zeigefinger der Klassenlehrerin mitten ins Gesicht.

Ich brülle: »WER BIST DU DENN? Die poröse Hannelore?« Ich lache Speichel spritzend. »Was stimmt mit deiner Hauuuut nicht, mit der Haaauut, was geht denn da, was ist esssss, reibst du dich morgens mit Biskin ein? Ich kann durch deine Poren sehen. Ich sehe die Tafel hinter dir, das ist so spooky.«

Dem Protokoll nach ist die Stimmung in der Klasse zu diesem Zeitpunkt bereits ziemlich ins Unkonstruktive gekippt.

Ich scheine mich davon nicht beirren zu lassen, greife der Klassenlehrerin an die Wangen und keife: »Das muss alles runter! Das muss bis auf den Schädelknochen ab! Das ist Gelumpe, das kommt in einen Mayonnaiseeimer, und dann bauen wir alles mit Knetgummi wieder auf!«

Dem Bericht nach kauere ich mich dann neben die Heizung und singe mit zusammengekniffenen Augen eine beklemmende Version von *Rhythm is a Dancer*.

Irgendwer versucht dann angeblich, mir aufzuhelfen. Ich schlage ihn nieder, strecke mich, als wäre ich soeben erst erwacht, marschiere zum Pult und lege meinen Penis auf den Tageslichtprojektor.

Als dieser dann als düsterer Schattenriss an der Wand erscheint, sage ich verschmitzt: »Na, guckt mal, wer da ist«, und als eine der Mütter aufkreischt, sage ich: »Nicht reinrufen, schön aufzeigen!«

Dann traf wohl die Polizei ein.

Die Beamten trugen mich aus der Schule, verluden mich und fuhren mich heim. Ich rezitierte die Fahrt über »Olé, wir fahr'n in Puff nach Barcelona« in einer Endlosschleife und zog mich einer Eingebung folgend noch im Streifenwagen nackt aus.

Zuhause angekommen, durchsuchten sie auf der Stelle meine Wohnung nach Drogen, und als sie ins Badezimmer kamen, wo mein Kokainvorrat wartete, wurde ich nervös, aber zu meiner Überraschung fanden sie nichts. Ich erhielt eine Vorladung für den Folgetag, was mich kaum interessierte, im Gegensatz zu folgender Frage: WO WAR MEIN KOKS?

Dann begann ich zu recherchieren.

Kurz darauf konnte ich meine Ermittlungen abschließen.

Der Punkt war jetzt nicht, dass mein Sohn sechs Kilo Buntwäsche mit Koks gewaschen hatte, weswegen mir, wenn ich Shorts anzog, noch wochenlang der Arsch prickelte. Der Punkt war vielmehr, dass ich mir auf dem Schulklo vier Gramm PERSIL reingezogen hatte.

Das erklärt doch manches.

Wie gesagt, ich brauche dringend einen Nebenjob.

In der Zeitung steht heute: Kripo sucht geisteskranken Drogensüchtigen!

Ich werde direkt mal eine Bewerbung hinschicken.

Idiotenpraktikum II

Ich erschien gegen 15 Uhr. Klaus, der Besitzer des Sonnenstudios, war ein achtschrötiger Mann. Er sah aus, wie man sich Indianer-Joe, die böse Rothaut aus *Tom Sawyer*, vorstellt. Tätowiert bis unters Kinn, die Haut allerdings nicht rot, sondern von einem Braunton, der an Kuvertüre denken ließ, und dann diese Stiefel: bestickte Cowboyschuhwerk, das aussah, als müsse er seine Füße erst in einen Industrieanspitzer schieben, um die Teile anzubekommen.

Im Großen und Ganzen erinnerte mich sein Kopf an ein Toffifee, in das jemand das Gesicht eines Orks geschnitzt hatte.

»Du musst die Bänke nach jedem Besonnungsvorgang säubern. Ist das klar?«

»Ja.«

»Du musst Kaffee kochen. Der erste Kaffee ist für den Kunden umsonst. Kapiert?«

Kapiert.

»Wenn jetzt ein Kunde unter die Bank schlüpft, muss der rufen – und du schaltest von hier die Bank ein.«

Er wies auf eine Schalttafel.

»Was rufen die denn?«

»Irgendwas.«

»Zum Beispiel?«

»Fertig. Sowas.«

»Fertig?«

»Ja, was sollen sie denn brüllen«, brauste er auf. »Ich bin nackt, gib mir Saures, oder was?«

»Ist ja gut.«

»Gut, wenn das gut ist«, sagte er.

»Danach reinigst du die Bank.«

»Das war doch Punkt eins«, warf ich ein.

»Pass auf, Klugscheißer: Vor dem Reinigen ist nach dem Reinigen. Nach jedem Durchgang: Bank sauber.«

»Zu Befehl.«

»Werd nicht pampig. Immerhin willst du dieses Scheißpraktikum machen. In einer Stunde kommt die Sabine. Versuch bis dahin, hier nicht alles in Schutt und Asche zu legen. Ich fahr jetzt in die Metro. Und noch was: Falls sich einer für Lara interessiert – ich will mindestens die 200 Euro.«

Mitten im Gang zu den Bänken stand eine lebensgroße Statue von LARA CROFT, der Videospielsexgöttin der Neunziger. An ihrer Brust, an der noch reichlich Platz für weitere Zettel war, hing ein Fetzen Papier: ZU VERKAUFEN.

Wir verabschiedeten uns; ich, indem ich »Tschüssi« sagte, er, indem er zwei seiner Finger zu einem V formte und auf seine grimmigen Augen wies:

Big Brown Brother is watching you.

From the Metro aus.

Ich nahm hinter dem Tresen Platz und begann die Tuben, Cremes und die anderen Zusatzartikel zu inspizieren.

Nicht ein Behältnis zeigte eine klare Beschreibung der Wirkung der Präparate; das einzig Transparente war der Preis – nicht, wie er zustandekam, aber immerhin war er verständlich.

Turbo Cacao Hyper Boost. Zehn Milliliter. 7,50 Euro.

Excellent Egypt Tanning Mousse with Guacamole. Fünf Milliliter. Zehn Euro.

Ich fragte mich, warum es für derartige Kostbarkeiten keinen Safe gab – zumindest versuchte ich, das zu denken, aber mein Hirn brachte keinen Prozess zu Ende, weil die musikalische Beschallung mir die Hirnwindungen straffzog.

Ich drückte den Ausgabeknopf am CD-Spieler. Das Fach glitt auf und brachte eine CD namens *Terror-Trance 2008* ans Licht. Ich erkannte verblüfft, dass dieser Titel noch besser zur Musik passte als MENSCH zu Grönemeyer.

Ich huschte zu meinem Wagen und holte eine CD von Diana Krall, ihres Zeichens Swingpianistin mit einer wunderschönen Stimme, die zerbrechlich wie Eierschalen klingt.

Nach einigen Minuten betrat eine Dame das Studio.

»Ist der Chef nicht hier?«, fragte sie. Sie war das Klischee der

UV-Süchtigen. Komplett in die Kollektion von Ricarda M. gekleidet – jener Botox-Matrone von QVC, die vermutlich ihren Nachnamen abkürzt, damit ihr die Geschmackspolizei keine Handgranate ins Treppenhaus wirft – wirkte sie wie ein ANDY-WARHOL-Siebdruck, der mit Lebensmittelfarbe gefertigt worden war.

Und dann dieses unglaublich gegerbte Gesicht. Sie musste zwischen 40 und 92 sein. Sie wirkte weniger wie eine feine Dame als vielmehr wie Clint Eastwood.

»Nein«, erwiderte ich. »Chef weg. Metro.«

»Ist Sabine auch nicht da?«

»Nein, Sabine ist auch nicht da.«

Gedanklich fügte ich hinzu: Und Stalin, Dracula, Florian Silbereisen, Kalle Wirsch und Professor Dumbledore oder wen auch immer du sonst so vor meiner Person bevorzugst, auch nicht.

Sie nickte. Ihr Kinn war so spitz, dass man damit Kondensmilchdosen aufstechen konnte.

»Ich gehe«, sagte sie streng, »immer vierzig Minuten unter die Sieben.«

»Na sowas«, antwortete ich.

»Und ich nehme das Dark-Moisture-Hyper-Spray.«

Nimm lieber dieses Wildleder-Imprägnierspray. Gibt's bei Deichmann für 'n Fünfer und ist komplett in Deutsch beschriftet.

Ich drehte mich um, starrte ins Regal und suchte die Flaschen nach dem Gewünschten ab.

»Wie hieß das Zeug?«, hakte ich nach und damit hatte ich auch schon ihre Restgeduld verbraucht.

»Ich bin hier Stammkundin«, sagte sie. »In der Schublade ist eine Flasche mit meinem Namen drauf.«

»Welche Schublade?«

Warum hatte mir der Maestro von diesem Bums nicht mitgeteilt, dass es eine geheime Lade mit dem gehorteten Kram der kross Angebratenen gab?

Ich machte mich derartig zum Idioten – und das lag nicht daran, dass ich blass und unrasiert war und somit in diesen Laden passte wie Frankenstein ins Rapunzelmärchen. Ich war einfach nicht richtig eingewiesen worden. Immerhin: Acht Minuten waren schon rum.

»Wissen Sie denn überhaupt nichts?« zischte sie.

»Doch«, erwiderte ich nicht minder giftig.

»Clint Eastwood hatte seine erste Filmrolle als Pilot in einem Monsterfilm namens *Formicula*. Elche haben keine Kniegelenke und müssen deswegen im Stehen an einen Baum gelehnt schlafen. Der Darsteller von Fantômas war schwul.«

»Ich möchte jetzt mein Dark-Moisture-Hyper-Spray. Sofort!«

Während ich planlos Schubladen aufzerrte, dachte ich: Du brauchst wohl eher eine Würzmischung für Grillgut. Ich fand die Flasche. Ein Post-it-Zettel klebte daran.

RITA.

»Hier. Rufen Sie, wenn's losgehen kann.«

»Der Chef weiß immer, wann ich liege.«

»Vielleicht hat der Chef ja das dritte Auge«, sagte ich. »Ich jedoch weiß es nicht. Bitte rufen Sie.«

»Was soll ich denn rufen?« Ihre Stimme klang seltsam beherrscht.

»Fertig?«

»Ich bin nach vierzig Minuten fertig.«

Meine Einschätzung differierte da ziemlich.

»Dann pfeifen Sie. Husten Sie. Schnippen Sie mit den Fingern.«

Sie schulterte ihre Ricarda-M.-Tasche, drehte auf dem Absatz und ging in Kabine sieben.

Es dauerte keine Minute, bis sie kreischte:

»Nun machen Sie schon die verdammte Bank an.«

»Ober- und Unterhitze?«, brüllte ich zurück.

»Was?«

»Nichts.« Ich schaltete die Bank ein.

Diana Krall spielte *The Look of Love*, als der junge Mann eintrat.

Er war ganz in imitierte Markenkleidung gewandet: Pseudo-Armani-Jeans mit derartig bescheuert aufgesticktem Riesenadler, dass ich zuerst dachte, es wäre ein überfahrener Habicht, den er sich mit Druckknöpfen an die Buxe gepappt hatte. Ein Kapuzensweater von GUCCI, der eine Fälschung sein musste, denn eine orangefarbene GUCCI-Herren-Kapuzenjacke war ähnlich abwegig wie Tampons von Porsche ... und dann, unter der Jacke, ein Fred-Perry-Poloshirt.

Der junge Mann, optisch klar dem Süden zuzuordnen, schien sich nicht ganz im Klaren, welche Klientel gerne in Fred-Perry-Hemden schlüpfte.

Egal.

»Ist einer tot?«, fragte er nach einigen Sekunden intensiven Lauschens auf die Musik.

»Nein. Das ist Diana Krall.«

»Hast du 50 Cent?«

»Warum? Hast du's nicht passend?«

Wir verplemperten etwas Zeit damit, uns anzustarren.

»Möchtest du 'n Kaffee?«

»Nee, ich nehme die Sieben.«

»Die Sieben ist belegt. Da musst du warten.«

»Wie lange?«

Weiß nicht, dachte ich, ich hab keines dieser Garthermometer in die Tante gerammt.

»Noch so 'ne halbe Stunde.«

»Scheiße. Ist die geilste Bank.«

»Ja ja«, sagte ich. »Bestimmt die geilste Bank. Sonst komm doch in zwei Stunden wieder.«

»Ich denk, das dauert nur 'ne halbe.«

Aber in zwei Stunden bin ich nicht mehr da.

»Auch richtig. Setz dich doch hin und warte einfach.«

»Hast du Gabber?«

»Eigentlich nicht«, erwiderte ich. »Warum?«

»Weil's endgeil ist.«

»Ja. Klar. Gabber«, stellte ich in den Raum. »Gabber.«

Ich atmete unser Schweigen, lauschte der Krall und spazierte zur elektronischen Tafel, welche die Banken steuerte.

Rita die Schreckliche hatte noch 27 Minuten. Ich sagte es meinem Gast.

»Geht das nicht schneller?«

»Irgendein Blödmann hat festgelegt, dass die Minute 60 Sekunden und die Stunde 60 Minuten hat. Ehrlich gesagt glaube ich nicht, dass ich das beschleunigen kann.«

»Ich komm hier total auf Aggro«, sagte der Junge einigermaßen bedrohlich.

»Okay«, sagte ich sanft.

»Hast du Bushido?«

»Wie die Pest«, gab ich zurück. »Ist ja auch ein arrogantes Arschloch.«

Der Junge erhob sich. »Ob du den dahast, Oppa?«

»Nein. Nein, ich denke nicht. Ich schau mal, ob du doch etwas schneller unter die Sieben kannst.«

Eins auf die Fresse konnte ich gerade nicht gebrauchen und vielleicht hatte Rita nicht nur die Haut, sondern auch das Zeitgefühl eines Warans. Sicher konnte man über das Eingabefeld für die Besonnungszeit was tricksen. Die Sieben hatte noch 22 Minuten. Vielleicht konnte ich 10 abziehen.

Klick.

Die Anzeige sprang auf 44 Minuten. Verdoppelt. Ich drückte erneut.

88.

Scheiße.

Es gab auch eine Taste Escape. Ich drückte. Nichts. Ich drückte erneut. Noch mal nichts. Doppelnull.

»Kannst du wenigstens Radio anmachen?«

An der Anlage waren Aufkleber unter den Knöpfen. Unter dem einen stand LAUTSPRECHER BÄNKE, unter dem anderen RADIO. Na bitte.

Da konnte ich zwei Fliegen mit einer Klappe schlagen und Rita für die nächsten anderthalb Stunden einen Kessel Buntes durch die Boxen säuseln. Hauptsache, die sagten nicht die Zeit an.

Ich drückte LAUTSPRECHER BOXEN, dann RADIO und genau in diesem Moment fiel mir ein, dass es sich bei der gebrannten Diana Krall, die ohnehin schon sehr ruhig war, um eine sehr leise ausgesteuerte Version handelte.

Die aktuellen Verkehrsmeldungen knallten ohrenbetäubend aus den Boxen – ich hörte die Warnhinweise noch hier, zwanzig Meter entfernt und durch eine Tür getrennt, aus den Lautsprechern der Sieben brüllen.

Ich schloss die Augen und versuchte positiv zu denken.

Natürlich ist das nicht schön, wenn einem ein Zwölf-Zoll-Nagel von einer Staumeldung in die Gehörgänge getrieben wird – andererseits bewahrt man so das Wissen, dass irgendwann auf der A 44 der rechte Fahrstreifen gesperrt war, bis ins hohe Lebensalter.

In diesem Moment rief Sabine an – meine Ablösung.

»Du«, kam sie zur Sache, »der Klaus hat mir erzählt, dass du heute aus Fun mitarbeitest.«

»Ja«, sagte ich. »Ist ein Riesenspaß.«

Würde ich zuerst verklagt und dann zusammengewichst oder andersrum?

»Kannst du 'ne Stunde dranhängen? Ich muss mit Jacqueline zum Kinderarzt.«

Ich dachte an Ritas Gesicht, das alsbald durchgebacken sein dürfte wie ein Türschild aus Fimo.

»No way«, erwiderte ich. »Ich hab den ... Wellensittich meines ... Taufpaten in Pflege. Der heißt«, fügte ich zur Untermauerung meiner Glaubwürdigkeit hinzu, »Kuki. Wie der Gebissreiniger. Schaffst du es nicht eher? So in drei Minuten?«

»Nein. Da wird Klaus aber nicht begeistert sein.«

»Du, ich muss Schluss machen«, sagte ich. »Da will einer auf die Sieben.«

Ich legte auf und schrieb einen Zettel.

Klaus, ich musste 'n paar Minuten früher los. Wir sprechen uns noch. Ich habe leider einen Todesfall in der Familie.

Irgendwie stimmte das auch. Wenn ich bliebe, wäre ich das wohl.

Ich zog meine Jacke an, entnahm meine CD dem Player und ging zur Tür.

»Mach's gut, Lara«, flüsterte ich und winkte kurz der Statue.

Die würde bestimmt bald verkauft.

Aber ich machte mir keine Sorgen wegen der Deko hier.

In 70 Minuten käme ja aus der Sieben ein erstklassiger Terrakottakrieger.

Liebesbrief

Ich ergriff die rostige Axt, schwang sie über dem Kopf, und für einen Moment spiegelte sich das Mondlicht auf der Schneide – dann ließ ich sie lachend herabfahren und spaltete diesem Idioten den Schädel, dass das Blut nur so spritzte. Ist zwar Käse, aber ein bombiger erster Satz. Der Grund mag sein, dass ich zur Schilderung derbster Gewalt neige, aber vermutlich liegt's eher daran, dass es Dinge gibt, die ich einfach nicht schreiben kann.

Nehmen wir zum Beispiel Liebesbriefe.

Ich bin ja von Haus aus kein reinrassiger Romantiker; auf einer Romantik-Skala von 1 bis 10, 1 steht für Wecken durch Faustschlag, 10 für die Frau mit Pferdebalsam einreiben und dabei gurren oder so, also auf dieser Skala von 1 bis 10 bin ich gar nicht drauf, da steht nur mit einem Edding:

Verpiss dich mit dieser Scheißliste, Grüße, Sträter.

Mittlerweile habe ich mir immerhin heikle Formulierungen abgewöhnt, das ist ja schon mal was, wenn meine Freundin heute sagt ILD, antworte ich nicht mehr mit einem ebenso lauten wie in seiner Impulsivität eher rustikalen KOMM MAL KLAR, ALTER! Die ganzen lieblosen Dialoge sind fort. Meine Freundin ist 'ne dufte Puppe.

Liebesbrief kann ich trotzdem nicht.

Früher war das ja noch schwieriger. Nix mit 'ner schnellen Liebes-SMS. Als ich jung war, gab's zwar schon Handys, aber die hatten das Format von Industriekühltruhen und kosteten so viel wie, um jetzt nur mal eine Hausnummer zu nennen, Griechenland. Da war nix mit SMS à la HDGDL, ROFL, BUSSI DEIN MAUSEBÄRARSCHLOCH. Jetzt geht das. Wird aber nicht verlangt.

Ich komm nun mal aus Dortmund, der einzigen Stadt Deutschlands mit nicht einem Fall des Tourettesyndroms. Das ist bemerkenswert, und außerdem gelogen. Dortmund ist einfach die einzige Stadt, in der Tourette nicht auffällt. Präziser noch: Wir nennen Tourette hier »Ruhrgebiets-Herzlichkeit«. Romantik? Nicht in Dortmund, Deutschlands größter überirdischer Tageslicht-Geisterbahn.

Was tun? Zum Friseur, alle ausliegenden Exemplare der *Bunte* klauen, Buchstaben ausschneiden, Liebesbrief zusammensetzen.

Der Akt der Collage verleiht einem einen echten Schub, wenn das Ganze auch eher nach Erpresserbrief aussieht, wenn man fertig ist. Bisschen unpersönlich.

Vor allem, wenn man aus Trägheit statt dem Wort Süße einfach das Bild von einem Pfund Zucker reinklebt. Ich kann das nicht. Ich kann Slam-Texte. Und ich benutz nicht mal sprechende Tiere. Natürlich habe ich eine Katze.

Aber die kann nichts. Die ist vom Schöpfer optimal auf Kacken konfiguriert, beherrscht aber nur ein Wort. Groß rumlamentieren oder Karten spielen ist da nicht drin.

Katze: MAU. Du musst erst letzte Karte sagen. Katze: MAU.

DU MUSST ERST letzte Karte sagen. Katze: MAU.

Keine Ahnung, wie die anderen das immer machen.

Zurück zum Thema: Liebesbrief. Und jetzt?

Freunde fragen. Olli sagt: »Lass es einfach aus dir rausfließen.«

»Olli«, sage ich. »Beim letzten Mal, als ich was aus mir rausfließen ließ, konnte ich anschließend Unterhalt zahlen.«

»Torsten«, sagt Olli, »es muss von innen kommen.«

»Olli, das kam von innen.«

»Dann sieh dir diese *Twilight*-Filme an. Da wird Romantik gut erklärt. Und nimm nur das Beste aus den Filmen mit.«

Habe ich dann gemacht. Alle verfügbaren *Twilight*-Filme geschaut, schön als Raubkopie mitsamt den Schattenrissen mitgefilmter Emo-Schädel, und ich muss sagen: Soso. Da ist keine Romantik, das ist H-&-M-Leichenschänder-Mumpitz, nur in verklemmt. Ich rufe Olli an.

»Olli. In dem Film benutzen die Toten Haarlack, und die Lebenden tragen keine Hemden und verwandeln sich in bunte Hunde.«

»Dann schreib ein Gedicht.«

Ein toller Tipp, denke ich, da gibt's von Olli ja immer reichlich von.

Zum Beispiel: »Geh samstags zum Friseur, da isses total leer. Das machen alle.«

Egal. Ich muss mich zusammennehmen, also: Gedicht.

Keine neun Stunden später bin ich fertig.

Ich habe als Begrüßung »Geliebtes Babe« gewählt. Ich fand keinen Reim auf HUHU. Aber immerhin ist die *Twilight*-Thematik mit drin.

Geliebtes Babe, du meine Wonne,
Ich liebe dich, solang ich Leyb,
und Glitzer in der Sonne.

Das ist Scheiße. Das ist alles viel zu kompliziert. Sei ganz du selbst, sage ich mir. Ich kann ja nun schlecht einen der Liebesbriefe von Beethoven nehmen. Habe ich getestet. Originaltext von Ludwig van und dann zur Verschleierung subtil was Persönliches rein. Ach Gott, blick in die schöne Natur und beruhige dein Gemüth über das müßende – die Liebe fordert alles und gantz mit Recht, so ist es mir mit dir, dir mit mir – und bring mal 'ne Kiste Veltins mit, ist in der Metro im Angebot.

Nicht schlecht, aber ich sach mal: Das merkt die. Du und das Papier, lass es fließen ... Sei DU SELBST. Ich weiß es selbst – ich bin der exakte Gegenentwurf zu Stephen Hawking: Ich bin dumm wie ein Sack Zement, aber laufen geht.

Als Fundus der Liebe kann also nur meine Kindheit herhalten, meine wundersame Kindheit ... Mir fällt nur eins ein, nämlich dass ich in einem krassen Raucherhaushalt aufgewachsen bin, weswegen ich dreißig Jahre lang dachte, es gebe von den Beatles ein gelbes Album. Da ist nichts. Schöpf aus dir selbst, Sträter ... schreib, wie du bist.

Am Abend reißt meine Freundin den Umschlag auf. Sie liest meinen Liebesbrief laut.

Ich bin's.
Ich find dich ganz gut.
Alles im Lack soweit.
Küsschen.
Dieses Dokument ist auch ohne Unterschrift gültig.

»Ich weiß, ist ein bisschen unromantisch«, sage ich und schiebe eilig hinterher: »Komm – ich bemüh mich doch. Für dich pinkle ich sogar im Sitzen!«

Gut, was sie nicht weiß, ist, dass ich dafür zum Trotz im Stehen scheiße, aber die Geste zählt. Die Geste zählt immer.

»Das ist alles?«, fragt sie und hält den Brief hoch.

»Nein«, sage ich. »Ich habe dir einen ganzen Text geschrieben. Der erste Satz ist allerdings was mit 'ner Axt. Bisschen heftig.«

Aber das ist die Liebe ja auch.

Mein Freund, der Bademantel

Sich selbst runterzuwirtschaften ist kein sonderlich erstrebenswertes Ziel, sofern man nicht der Rockstar Pete Doherty ist, von dem ich neulich gelesen habe: DOHERTY – NIMMT ER WIEDER DROGEN?

Darunter: Pete Doherty wurde auf einem Interkontinentalflug zusammengesackt auf der Bordtoilette aufgefunden, eine Kanüle noch im Arm. Da ist meiner unmaßgeblichen Meinung nach die Hauptfrage nicht: DOHERTY – NIMMT ER WIEDER DROGEN, sondern: Wie hat der Vogel die Scheiß-Spritze in den Flieger gekriegt?

Heroin ist Gift, eine Droge, die den Körper völlig demontiert und in der Regel nur wankende Hüllen zurücklässt, die in Zeitlupe an Bahnhofsklofliesen hinabgleiten. Finger weg davon, egal ob man was mit Kate Moss hatte oder nur Pfandflaschen sammelt.

Aber selbst weiche Drogen sind heikel. Kiffen beispielsweise.

Bei mir und meinen Freunden war das damals anders. Weil ich zu jener Zeit noch nicht rauchte, lösten wir Haschisch in kochendem Kakao auf. Das hat den Vorteil, dass man nicht kifft. Das ist schon mal prima.

Der Nachteil besteht darin, dass man erstens trotzdem Drogen im Leib hat und diese zweitens erst Stunden später zu wirken beginnen, zumeist, wenn man gerade was anderes zu tun hat.

Ich erinnere mich noch daran, dass ich mal Oberhemden gebügelt habe, als das Zeug dann zu wirken begann. Das fühlte sich an, als liefe man gerade in Zeitlupe über eine Blumenwiese, Schmetterlinge umflattern einen, es duftet nach Klee und plötzlich schlägt dir jemand einen Wagenheber in die Fresse.

Ich stand da, vor mir das Bügelbrett, in der Hand das Bügeleisen, und spürte, wie mir ein bisschen die allgemeinen Abläufe entglitten.

Fünf Minuten später hielt ich meinem Bademantel einen flammenden Vortrag darüber, was das doch für eine scheißgefährliche Kiste sei, ein Bügeleisen so zu konzipieren, dass die Unterseite brüllheiß wird – das wäre ja wohl genauso wie Schakale auf dem Balkon, finde da mal einen, der so bekloppt ist, rauszugehen, um kaltes Bier reinzuholen, der wird ja sofort gefressen.

Der Bademantel hielt sich mit schlauen Kommentaren zurück, und das half beim Denken, und ich dachte, ja sicher, da nehmen wir Dieter, wenn wir ein Bier wollen, den vermisst keiner, der kommt auch mit keinem klar irgendwie, und wie der schon aussieht in seiner Karottenjeans, der taugt doch in der Wurzel nichts, der Vogel hat doch den Schuss nicht gehört, und wenn die Schakale ein bisschen was auf dem Kasten haben, lassen die den Dieter einfach machen, und wenn nicht, tja-ha, dann labern wir Dieters Mutter eben was auf den Anrufbeantworter von wegen aufgefressen und sorry und gut.

Der Bademantel nickte und ich dachte, genau, Bursche, dich hab ich von C&A, du kannst so verkehrt nicht sein, du bist ein Bombentyp, immer auf der Höhe und kuschelig noch obendrein. Der Bademantel meinte, es wäre ein geschickter Schachzug, sich wegen der Schakalsache Rückendeckung zu holen.

Ich rief Uwe an, wegen zweiter Meinung und so; Uwe sagte, er arbeite gerade an der Brettspielversion von *World of Warcraft*, und ich sagte: »Aha.« Er klang gestresst und fragte mich, ob ich wüsste, wo man für das Spielbrett 40000 Quadratmeter bedruckbare Pappe herkriege, und ich sagte: »Nee.«

Ich sagte zudem, die Idee sei doof, da wären sie ihm einen Schritt voraus, die würden jetzt DIE SIMS mit richtigen Menschen bringen und hätten schon angefangen Castrop-Rauxel komplett abzusperren, da kommt keiner mehr rein, aber wozu auch? Städte, die mit C anfangen, sind eh nix, das sieht man ja an Cöln, und wie das wäre, wenn wir Dieter zu den Schakalen schicken, falls wir Bier brauchen.

»Mach«, sagte Uwe und legte auf.

Ich rief Dieter an und sagte ihm, dass ich jetzt total Durst hätte, und wie das denn aussähe, ich meine, sterben muss jeder mal, Bier wäre jetzt cool, der durchschnittliche Schakal geht ohnehin sofort auf Kehle, hab ich von Google, da merkste nur ganz kurz was. Dieter sagte, kein Thema, aber er würde jetzt in Bonn studieren, das wäre ihm jetzt zu aufwendig und er hätte auch gerade gekifft – und ich: Pass mal auf, du bist doch schuld an dem Schlamassel, und das Bügeleisen wird unten total heiß, welcher Gaskranke denkt sich so einen gefährlichen Unsinn aus, nur damit man sein Hemd glattkriegt, da kann ich genauso eine fette Frau fragen, ob die sich für 'nen Zehner halbtags über meine Klamotten wälzt, das ist wenigstens nicht so heikel von wegen Verbrennungen dritten Grades, und überhaupt, was heißt: du kiffst, krieg mal dein Leben in den Griff, und dann legte ich auf.

Man kann sich auf keinen mehr verlassen, und das ist das Problem mit Typen, die Drogen konsumieren. Auch weiche.

Ich hab dann vor allem aufgehört, weil ich davon total Hunger bekam. Ich begann, abends Pizzadienste anzurufen, weil der Hunger nicht auszuhalten war, und fünf Minuten nach der Bestellung rief ich erneut an, um mal den Lieferstatus abzufragen und noch ein bisschen was nachzuordern, und das leider nicht immer bei ein und demselben Pizzadienst. Die sagten stets, 25 Minuten, und nach 23 Minuten wurde ich todmüde, unmöglich noch zu essen oder zu sprechen, Bett, nur noch Bett, und dann ging an der Tür das Klingeln los, und dann das Klopfen – also Finger weg von Drogen. Wenn sich dauernd nachts um zwei in deinem Treppenhaus randalierende Italiener stapeln, kommst du aber früher oder später selbst drauf.

Zero Haschisch ab da. Null.

Ich brauchte eine neue Herausforderung, nachdem selbst Bügeln neuerdings wieder mit überschaubaren Risiken für Leib und Leben einherging ... und so begann ich zu schreiben.

Ich verfertigte direkt einen Gruselroman, weil das momentan total im Trend liegt. Kennt man. Junge Mädchen, die sich unsterblich in vierhundert Jahre alte Vampire verlieben, auf dem College, und das, ohne zu hinterfragen, warum ein 400 Jahre alter Vampir noch mal aufs College geht – wenn ich ein 400 Jahre alter Vampir wäre, und ich bin ja nun nicht so weit davon entfernt, dann würde ich die Herrschaft über die Erde an mich reißen und alle töten.

Bis auf die Jungs vom Elektrizitätswerk natürlich, denn dann würde ich weitere 400 Jahre auf den Leichenbergen sitzend Nintendo Wii spielen. Fertig. Wäre weniger ein Roman. Mehr so eine Broschüre. In Vampire verlieben.

Kokolores.

Könnte natürlich daran liegen, dass ich mir als Vampir immer Nosferatu vorstelle, der ja bekanntlich aussieht, als würde er aus der Toilette trinken. Wie man sich in einen derart muffig rüberkommenden Kadaver verknallen kann, gehört wohl zu den ganz großen Geheimnissen der Frauen.

Ich ließ aber vorerst die Finger von Vampiren und machte was mit Tiermenschen. Werwölfe.

Aber anders. Als ich die ersten 30 Seiten zusammenhatte, schickte ich den Romanentwurf nebst kurzer Zusammenfassung an ein großes Verlagshaus. Nach erstaunlichen vier Tagen erhielt ich ein Schreiben von denen.

Absage.

Die hatten sie ja wohl nicht mehr alle. Mein literarischer Ansatz zum Thema Werwölfe war frisch und neu!

Die bekannte Grundidee fußt ja darauf, dass Werwölfe tagsüber normale Menschen sind, die sich nachts in reißende, hirnlose Bestien verwandeln. Klar. Mein Ansatz besagte, dass es andersherum ist: Tagsüber sind das ganz normale Wölfe, schön im Zoo oder so, fressen Zeugs, strullen ans Gitter, das schlichte Wolfsprogramm. Bei Vollmond jedoch verwandeln sie sich in irgendwelche Leute, die nackt herumstehen und natürlich, weil ein Wolf ja tagsüber nichts für seinen Intellekt tut, zum Kacken zu blöde sind.

Die schlendern herum, die Rübe leer wie nur was, und beherrschen unsere Sprache nur rudimentär, also nur so Kram, den sie von den Zoobesuchern aufgeschnappt haben.

Mit baumelnden Geschlechtsorganen eiern sie durchs Gehege, klopfen sich nach Zigaretten ab, und wenn sie sich versehentlich anrempeln, sagen sie Sachen wie:

»Erich, alles im Lot?«

»Muss.«

»Wat macht die Elke?«

»Is wie immer.«

»Jau – die beste Krankheit taugt nix.«

»Da kannse mich für bekucken.«

»Weiße Bescheid ...«

Nur der Leitwolf ist anders. Er hat sein Wochentagswolfsleben neben dem Kofferradio eines Tierpflegers gefristet, der nur Disco-Musik hört. Deswegen tollt er unter dem Vollmond herum und keift: »Wicked! How much is he Fish und Pump up the Volume!«

Hammer-Roman.

Zugegeben, da passiert jetzt nicht so viel, weil die Wölfe ja tagsüber eingesperrt und nachts dumm wie eine Tüte Mücken sind, und zudem immer noch hinter Gittern, aber als Thriller mit soziologischer Subebene fand ich es eigentlich ganz schön geil. Der Verlag nicht so.

Unter dem Ablehnungsschreiben stand handschriftlich: Kiffen Sie?

Ich antwortete mit einem beinharten Roman über eine Rasse gewaltiger Riesen, die aufgrund eines Gendefekts nicht größer wurden als einssiebzig – abgelehnt.

Ich konterte erneut, diesmal dann doch mit einem Vampirroman, dessen Mythengefüge ich ebenfalls revolutionierte, denn meine Vampire schliefen, wenn es dunkel wurde, gingen tagsüber an den Strand und wurden schön braun. Sie ernährten sich auch nicht von Blut, sondern, verschlagen, wie sie waren, von Lebensmitteln.

Töten konnte man sie nur, indem man sie umbrachte, sie schwer krank wurden oder an Altersschwäche starben. Eine tückische Spezies, die tagsüber als Steuerfachkraft oder Verkäufer arbeitete und raffiniert genug war, niemandem ein Haar zu krümmen.

Die ultimative Bedrohung. Gewarnt von den Jagden durch die Jahrtausende legten sie die Bezeichnung »Vampir« ab und nannten sich: DIE LEUTE.

Und so hieß auch der Roman: DIE LEUTE. Das erschien mir kurz darauf zu unreißerisch. Ich benannte das Buch mehrmals um: DIE LEUTE DES TODES, TAGSÜBER KOMMEN DIE LEUTE und, der beste und bedrohlichste Titel: WENN HEUTE LEUTE LÄUTEN, MACH NICHT AUF.

Wurde abgelehnt. Dann rutscht mir doch den Buckel runter.

Nun schreibe ich nur noch Texte mit philosophischem Ansatz, suche Antworten auf die drängenden Fragen des Seins. Zum Beispiel:

Wie lange bleiben Drogen eigentlich im Körper, wenn man nix mehr nimmt?

Ich bitte um Antworten per E-Mail, und wer was Hilfreiches weiß, kriegt ein Bier.

Müsstest du dir aber selbst vom Balkon holen.

Weißt ja: Schakale.

Ich mach's nicht mehr in Büchereien

Büchereienlesungen sind für mich so durch.

Es ist immer das Gleiche: Die Stadtteilbücherei einer Gemeinde, deren Bürgern man jetzt weniger nachsagen will, dass sie wie die Derwische Bücher entleihen, sondern eher auf Keine-Ahnung-VZ organisiert sind, bucht mich, und zwar für den Gegenwert einer Pfeffersalami. Es ist immer zu wenig Geld.

Die ankündigenden Plakate macht der Verantwortliche selbst mit Paint, und diese sind dann nicht nur abstoßend wie die Hölle, sondern auch immer fehlerhaft. Zumeist steht da statt »Torsten Sträter« Torsten Streber, Torsten Sterber oder Dorstein Strecker, was mich insbesondere deswegen wütend macht, weil ich ja immerhin die Dorfjugend als Publikum haben könnte, wenn sie Thor Steinar hinschreiben würden.

Als Programm steht unter meinem Namen immer irgendwas Totes, zum Beispiel »Liest aus seinem Werk«, was klingt, als wäre Rilke mein Praktikant gewesen.

Folgerichtig finden sich in der abgedunkelten Bücherei fünf Leute ein.

Ich sitze auf einem knarrenden Schemel, neben mir eine Flasche *Staatlich Fachinger*, die wahrscheinlich mit Leitungswasser befüllt ist, und lasse mich beim Blättersortieren beglotzen. Ich stelle mein Mikro ein und schaue in die Runde.

Sie sind alle da: hinten das ältere Ehepaar – sie geschminkt wie eine antike Gottheit kurz vor der Beisetzung, er mit einem nervösen Leiden, das ihn zwingt während der Lesung vierzig Mal seine Brille abzunehmen, zusammenzuklappen, auseinanderzufummeln und wieder aufzusetzen, bis ich kurz davor bin, sie ihm wegzunehmen und draufzutreten.

Seine Frau hat sonderbare Schluckbeschwerden. Ich sehe ihren Kehlkopf stumm im Halse herumpoltern, hui nach oben, hui zurück, und zwinge mich, nicht hinzusehen.

Dazu dieses Make-up.[1] Womit hat sie das aufgetragen? Einer Tapezierquaste? Würde man ihr auf den Hinterkopf schlagen, träte man eine unfassbare Lawine beigefarbener Pampe los, die mir bis vor die Schuhspitzen schwappen würde.

Das bereitet mir Unbehagen. Wenn die gleich mal niest, sieht's hier drinnen aus wie in der Lackierstraße von Opel.

Ganz rechts eine Einzelperson; ganz klar Fantasy-Fan; weiblich, Mitte zwanzig, kleines Gewichtsproblem, schwarze lange Haare, die aussehen wie mit der Axt gescheitelt.

1 Ich kann's nicht lassen.

Sie ist mir die Liebste hier, auch wenn ihr T-Shirt, auf dem ein Wolf den Mond anheult, ein Sausen in meinem Verstand verursacht. Sie hat ein Buch dabei, um es sich signieren zu lassen, was ich später auch tun werde, obwohl ich es nicht geschrieben habe. Es ist ein Schmöker mit Elfen, Orks, Zwergen und so, im Titel steht irgendwas mit »Die Chroniken von Dingenskirchen« und auf dem Cover reckt eine Frau im Lederschlüpfer ein Schwert in die Höhe – ich schreibe später trotzdem rein, meist sowas wie »Weiter so, dein Vincent Raven« oder »Das Aufreißen der Packung verpflichtet zum Kauf«.

Die guckt ohnehin erst zuhause rein.

Direkt vor mir, sodass sich unsere Knie berühren, hockt ein weiteres Pärchen. Sie kennen keine Intimsphäre.

Ich schätze sie auf Anfang dreißig. Meiner Ansicht nach sind das Swinger, die überall Hausverbot haben und sich deswegen auf Lesungen umgucken, ob da nicht irgendwer vollzupumpen oder leerzuorgeln ist. Ich werde meinen Verdacht in Kürze testen.

Er steckt übrigens in einer Jeans mit Löchern, die er selbst hineingemacht hat, weil die Ränder kein bisschen ausgefranst sind, dazu ein Karohemd, das geradezu »Hau ruck, wir packen's an!« brüllt, und ein Lederband um den Hals, an dem ein Delfin aus Metall baumelt.

Seine Begleiterin trägt weiße Vinylstiefel und eine dieser Hosen, deren Farbe nicht zu bestimmen ist, aber am ehesten an ein fahles Orange erinnert, dem Senf beigemischt wurde, entweder durch eine komplexe Färbetechnik oder weil Senf beigemischt wurde.

Auf ihrem Handgelenk ist ein Tattoo zu sehen: chinesisches Schriftzeichen, nicht ganz zuendegestochen, vielleicht aus Kostengründen, oder weil sie mittendrin ausgerufen hat: »Ach nö, ich möchte doch lieber so 'n verschmitzten kleinen Teufel auf die Titte!«

Jedenfalls vermute ich, dass sie im Chinarestaurant unentwegt meckernd ausgelacht wird, weil das Zeichen in seinem fertigen Zustand das Symbol für GLÜCK gewesen wäre, im jetzigen Stadium allerdings KACKEN bedeutet.[1]

Der Büchereimann, der mich gebucht hat, tritt neben mich und moderiert mich an.

»Sehr geehrte Damen und Herren, vielen Dank für Ihr ...«

Er gerät ins Stocken, weil er »zahlreiches Erscheinen« sagen wollte.

»Jedenfalls haben wir heute Thorben Sträter ...«

»Torsten«, sage ich.[2]

»Richtig, Torsten Sträter hier zu Gast, der neben Lesungen auch Border Slam ...«

»Poetry Slam«, sage ich.

»... macht«, sagt der Büchereivogel. Und schweigt dann.

1 Ich kann's nicht lassen – die Rückkehr

2 Wirklich nicht.

Ich sage extra deutlich: »Mein Name ist Sträter, guten Tag«, und aus der hinteren Reihe kommt: »Hmmmmgggmmmmmm.«

Ich lächle.

»Mein erster Text heißt: Ich bums dich kaputt, du kleine Schlampe.«

Stille, nur das Pärchen vor mir applaudiert. Wusste ich's doch. Swinger.

»Nee, stimmt nicht«, sage ich. »Der Text handelt von einem Tankwart, der nur rumsteht, und heißt SCHMIERSTOFF ÖLGÖTZE«.

Das Fantasy-Mädel hebt die Hand. »Ist das der mit den Einhörnern?«

»Ja, sicher«, sage ich und beginne zu lesen.

Der Text geht zehn Minuten, und es kommen nicht nur keine Einhörner vor, sondern nicht mal Vertreter des Einhorn-Prekariats, also Pferde. Als ich zum Ende gelange, sage ich: »Dankeschön«.

Stille.

»Das war der erste Text«, sage ich.

Kein Applaus. Das Fantasy-Mädchen reklamiert immerhin nicht das Fehlen von Einhörnern.

Dadurch angestachelt weise ich darauf hin, dass ich nun meine bekannte Troll-Geschichte lesen werde, die in meinem achtbändigen Askarth-Gnaul-Universum spiele. Ich lese stattdessen einen Text über Brotaufstrich, vermeide Trolle im Ansatz und verschleiere nicht, dass die Geschichte jetzt weniger in Askarth-

Gnaul als vielmehr in Dortmund-Huckarde spielt. Interessiert scheinbar keinen. Ich ende, erhalte keinen Applaus und werde ärgerlich. Deswegen sage ich: »Und nun lese ich *Schluck, du Sau, schluck.*«

Die Swinger klatschen wie bekloppt. Na bitte, geht doch.

Ich ziehe den Titel thematisch durch und behalte die immer länger werdenden Gesichter des Swingerpärchens im Auge, während ich einen Text lese, in dem ein Ferkel mit Gewalt Antibiotika verabreicht bekommt.

Mittendrin höre ich zum hundertsten Mal das Auf- und Zuklappen der Brille, hebe meinen Blick vom Text und sage: »Pack noch einmal dein Drecks-Kassengestell an und ich schaufel dir mit einem Kaffeelöffel die Augen raus«, und gerade als der Gatte der getünchten Tante aufbegehren möchte, fahre ich fort mit: »... sagte das Schweinchen zum Optiker, und alle waren erstaunt: Das Tier konnte ja sprechen!«

Der Büchereihannes raunt mir was ins Ohr.

»Das sind unsere treuesten Kunden, nehmen Sie sich zusammen ...«

Ich raune leise zurück: »Allen Ernstes jetzt, Ihre treuesten Kunden sind nix – die hier vorn vermieten sich zum Poppen gegenseitig an riemige Baggerfahrer, die da hinten sind nicht ganz so pflegeleicht, denn er da kriegt gleich seine Brillenbügel an den Dummkopf genagelt, und was seine Alte darstellen soll, weiß der Heiland, vielleicht ist sie ein Malen-nach-Zahlen-Projekt für lernschwache Kinder, und die Dunkeluschi da vorn rechts denkt, ich bin Wolfgang Hohlbein, und DAS kränkt mich irgendwie am meisten, also hören Sie besser auf, mir irgendwas ins Ohr zu flüstern und stellen Sie sich wieder in die Rosamunde-Pilcher-Hörbuchecke, wo ein kleiner abgewichster Schlumpf wie Sie keinen Schaden anrichten kann, denn ich muss hier zuende machen!«

Zehn Sekunden später stelle ich fest: Ich habe bereits zuende gemacht, denn wenn man raunt, sollte man doch ein Auge darauf haben, ob man nicht zufällig vor einem eingeschalteten Mikrofon sitzt.

Na ja, halbe Stunde vorgelesen.

Dafür geht das Geld eigentlich, aber ich mach trotzdem nur noch Poetry Slams. Oder richtige Lesungen.

Die in der ersten Reihe sind zwar auch nur Swinger, aber wenigstens gibt's Bier umsonst.

GRÖSSER UND BILLIGER

Nichts gegen einen Flachbildfernseher, vor allem nichts gegen einen von Philips, mit einer exakten Diagonale von 42 Zoll – auch wenn ich für das Teil vor 18 Monaten 1299 Euro bezahlt habe und das identische Gerät nun bei REAL 599 Euro kostet, dafür aber in 47 Zoll. Also größer und billiger.

Warum allerdings sitze ich davor, frage ich mich mittlerweile.

Ich werde in Kürze 45, erreiche also ein Alter, in welchem Jesus theoretisch schon zwölf Jahre tot war, wenn er nicht ein paar Tricks draufgehabt hätte, mit denen ich mich voraussichtlich schwertun werde.

Und ich hocke da, bei ständig weiterlaufendem Lebenszeittaxameter, und sehe mir hochauflösende Blu-ray-Filme an, als ob mein menschliches Auge in der Lage wäre, den Unterschied zwischen hochauflösendem DVD-Material und ganz, ganz doll auflösendem Blu-ray-Zeugs zu erfassen. Ich sehe keinen Unterschied. Je älter ich werde, desto weniger Unterschied sehe ich überhaupt zu irgendwas.

Ich werde nur penibler, trinke keinen Sekt mehr aus ausgespülten Senfgläsern und bevorzuge schnürsenkellose Slipper, weil ich mir schon ausreichend Senkel in Form von Zahnseide durchs Gesicht ziehe; zusammenfassend kann ich sagen, dass ich mir mittlerweile viele Dinge in die Haare schmiere, statt sie zu mir zu nehmen.

Ich trinke keinen Kaffee mehr, benutze aber Koffeinshampoo, denn meine Haare auf dem Kopf fallen aus oder, wie ich eher glaube, werden nach innen gezogen, denn meine Nasenhaare werden immer länger.

Vermutlich ist im Inneren meines Schädels ein komplizierter Knotenmechanismus am Werk, so ähnlich wie beim Strippenziehen auf der Kirmes, wo man links unten am Bändchen zerrt und oben rechts wird ein Pokemon hochgezogen, das die Kinder schon haben.

Mein Leben findet die ganze Zeit statt, unentwegt, ohne Pause – nicht einmal Urlaub verschafft einem eine Lebensauszeit, sondern nur die Illusion des Innehaltens.

Ich bin irgendwie erschöpft, und gleichzeitig total motiviert, aus meinem Leben was zu machen. Das Problem ist, dass es egal ist, was ich daraus mache, weil es sowieso weiterläuft.

Es ist, als würde man einen Kuchen mit Liebesperlen dekorieren, obwohl er bereits im Ofen ist und vor sich hin backt, und man knallt noch mehr Dekozeugs und Zuckerkram drauf, und er backt und backt, und wenn man den Kuchen mittendrin rausnimmt, geht er kaputt, und wenn man untätig wartet und nichts tut, kommt halt nur ein blöder Kuchen dabei heraus.

Also sitze ich vor einem 42 Zoll großen Fernseher und sehe Leuten bei einer Simulation des Lebens zu, oder vielmehr bei dem, wovon andere meinen, dass ich es für Leben halten sollte.

Und ich zappe mich durch die Welt und bekomme ein exakt destilliertes Format an Informationen und passgenaue 42-Zoll-Ausschnitte mir unbekannter Existenzen, und ich denke, weil ich gerade ausreichend Muße und Raum zum Denken habe, dass ich poetisch ein Krüppel und lyrisch eine Null bin.

Ich kann nur abbilden, und das schmucklos und schlicht, und wenn ich es hinkriege, ganz lustig, denn je älter ich werde, desto lustiger will ich sein, und ob das in einem ultimativen Poetry-Slam-Comedy-Gewitter endet oder einem Amoklauf bei Karstadt, werde ich dann ja sehen. Ich starre in die 42-Zoll-Kunstwelt und denke.

Und ich denke, ob das wirklich so ist, dass die Gedanken frei sind, und vor allem denke ich, ob die Welt ein friedlicher Ort ist, weil niemand die Gedanken des anderen hört, und dieser Planet längst nicht mehr wäre als öde Steppe, wenn jeder sagen würde, was er denkt.

Oder ob es gut wäre, jedermanns Gedanken zu hören, damit Denken an sich mal ein bisschen eleganter wird, so wie Autofahren, wo man sich auch besser ein bisschen bemühen sollte, damit man nicht gut sichtbar wie ein Idiot durch die Gegend eiert.

Das denke ich, während ich in meine nach jetzigem Kenntnisstand völlig überteuerten 42 Zoll blicke, und dann donnert es.

Ich stehe auf und gehe zum Fenster. Blicke hinaus.

»Teufel, Teufel.«

Unfähig den Blick abzuwenden öffne ich die Balkontür und trete hinaus.

Der Himmel ist tiefschwarz, und das mitten am Tag; Donner grollt, und der Wind, den irgendwer mal als das himmlische Kind bezeichnet hat, der aber jetzt, in diesem Moment, eine dunkle, zornige Faust ist, zerrt an mir herum. Die Luft ist schwer, schmeckt wie nasse Watte, und dann entlädt sich ein angepisster Himmel – und die Show beginnt, ein gigantisches Event in 4-D, inklusive mächtiger Stroboskopeffekte. Dass Regen peitscht, ist ein schriftstellerisches Klischee – dachte ich zumindest, ebenso wie der blöde Spruch, dass einem das Blut in den Adern gefriert. Aber DER REGEN PEITSCHT, das ist weder unbeteiligt rieselndes Wasser noch der übliche vertikale Feuchtkram, sondern ein orgiastischer Guss, der mich völlig durchnässt, bis auf meine Bruno-Banani-Shorts aus dem Zweierpack, die ich immer im Verdacht hatte, genauso überteuert zu sein wie mein Fernseher. Die talentierte Hand eines unsichtbaren Titanen sitzt vor einer göttlichen Version von Photoshop, färbt Schwarz zu einem nie gesehenen Grau, das so erhaben ist, dass es Silber sein sollte, aber dafür ist es zu wütend, und meine Balkonpflanzen, die ich in Ruhe zu Tode zu pflegen gedachte, werden aus der Erde gerupft und klatschen auf den Boden, während ich meinen Blick nicht von einer Gruppe von Bäumen abwenden kann, die zu einer Musik, die ich nicht hören kann, headbangen.

Das Wetter haut auf die Kacke, aber richtig, so als würde ein wiederauferstandener Michael Jackson dem Himmel in den Schritt fassen und mit einem ganz mies gelaunten Johnny Cash ein Benefizkonzert geben, während Jimi Hendrix seine nervöse Zunge nicht von den Wolkenformationen lassen kann. Es donnert. Es donnert.

Und es regnet. Es regnet, dass einem die Augen tränen würden, wenn das eine Rolle spielen würde, und vielleicht tun sie das ja, was weiß ich.

Ein Blitz schlägt irgendwo in der Nachbarschaft ein, keine Ahnung, wo, aber ich kann ihn riechen, und ich denke, wenn mich jetzt ein Blitz trifft, ist das ein Abgang wie aus einem guten Wikingerfilm, aber diese Armee zuckender Entladungen unternimmt keine Anstalten, mich zum Leuchten zu bringen, und so verharre ich und werde von diesem Totalabsturz des sommerüblichen Like-Ice-In-The-Sunshine-Szenarios erfasst, umschlossen, aufgeweicht und wiedergeboren, gerüttelt und geschüttelt und im großen Stil vollgestrullt. Ich denke, was für eine Grafik, was für eine Fülle, Cinemascope, böse Natur, mach Sitz!, und ich denke, dass ich nie wieder mein Sofa so stellen werde, dass es zum Fernseher weist, ich werde es zum Fenster ausrichten, zum richtigen Fenster, um das hier zu sehen, wann immer es kommt, denn DAS ist echt GROSS und echt BILLIG. Ein abgerissener Ast knallt volle Lotte auf meinen Renault, sehe ich, und denke, okay, billiger vielleicht nicht, aber größer auf jeden Fall. Und dann scheint die Bestie, dieses schwarzgraue Monster mit den tausend Fingern, dieser freie Fall der Natur, die elementare, die Arme verschränkende Trotzigkeit der Welt zu mir zu sprechen, und es hört sich an wie: »STRÄTER, scheiß dich nicht so ein wegen deiner kleinen Krisen«, und ich will antworten, aber irgendwie hab ich das Gefühl, ich könnte auch mal eine Minute das Maul halten, und gehe wieder rein.

Ich durchnässe den Teppich, immer noch kein Lyriker, hocke mich auf meine Couch, meine Bruno-Banani-Shorts kleben mir, blöd, aber wahr, in der Arschritze, und ich lehne mich zurück, pladdernass, breite die Arme aus, wie ein Christus, der's gern mal 'n bisschen bequem hat, und erkenne nicht ohne Stolz, dass die Natur mich soeben defragmentiert hat, und wie blöd ich eigentlich bin, und dass 43 so alt auch nicht ist, und dass bei aller Herumjammerei und den Fragen nach dem WOHIN, WARUM, und WARUM ICH? eines feststeht: Ich bin so sehr ich selbst, wie's eben geht, kein Lyriker und kein Poet, und dass sich das reimt, ist ein Versehen, kein Versuch – ich bin, wie ich bin. Und egal was aus mir wird, eines steht fest: Dieser Text war nix Halbes und nix Ganzes, aber er entsprang meinem Herzen.

Und die Metapher mit dem Kuchen war ja wohl geil.

Wie schreibt man wirklich erfolgreich?

So schwierig es Ihnen auch erscheinen mag, so unüberwindbar auch der Wall nichtssagender Formulierungen und toter Ideen vor Ihnen aufragt – das Handwerkszeug besteht lediglich aus fünf einfachen Regeln.

Damit ist Schreiben definitiv einfacher als Kuchenbacken.

1. Glaubwürdigkeit

Die wichtigste Grundregel lautet: Sei glaubwürdig.

Dies wird erreicht, indem man alltägliche Details in seine Geschichte einbaut, etwa so:

»Das Monster, dessen Tentakel gleich zu Beginn seines Höllenmarsches durch den Schlecker-Markt (!) das elektronisch betriebene Kinderpony mit Münzeinwurf (!) umrissen, grunzte guttural.«

(Aus Torsten Sträters »Ödemipus – die Geschichte einer geschwollenen Mutter«, Lübbe, 1982)

2. Der Stil

Ebenfalls unerlässlich: guter Stil.

Shakespeare hat's vorgemacht; die Sätze müssen gestaltet sein wie edles Konfekt, elegant und vielsagend.

»Seine Durchlaucht – von erhabener, mitunter ätherisch wirkender Blässe – zückte seinen Degen aus Toledostahl, beschrieb mit der Klinge einen an den Gießkannenmann-Flic-Flac aus der Neuverfilmung von ›*The Wizard of Oz*‹ gemahnenden, blitzenden Bogen und griff sich nonchalant an den Sack.«

(Aus Torsten Sträters »Burning Steve and the Art of better Fisting«, nur in Engl. erhältlich, Random House, 2001)

3. Never kill your Darlings

Das A und O: Vergreifen Sie sich NIE an Ihren Lieblingen! Finger weg von tosenden Formulierungen.

Sätze, die schillern wie Tiefseefische, sind nicht nur zwecklos schön; sie geben Ihrer Geschichte einen hohen Wert vorgetäuschter Tiefe und machen sie irgendwie ... sartremäßig.

Außerdem ist es ohnehin nicht verkehrt, eine Story von zwanzig Seiten um einen guten Satz herumzumontieren.

Ein Beispiel:

»Der Detective starrte auf das Pünktchen auf der Kachel. Ein Insekt offenbar; Kreaturen, die locker jeden Atomkrieg überleben, sich überwiegend von unserer Kacke ernähren und potthässlich sind.

Er betätigte die Spülung und ging wieder arbeiten.«

(Aus Torsten Sträters »Detective Stories IV: Der Frigeo-Komplott«, Kiepenh. & Witsch, 1998)

4. Über den Tellerrand spähen

Von allergrößter Wichtigkeit: brillante Recherche.

Es ist schwierig, eine Begebenheit (wahr oder erfunden) zu skizzieren, die außerhalb der eigenen Toilette spielt, wenn man nicht intensive Recherchen betreibt.

Einige Autoren haben bei Geschichten, die nur rudimentär und auf der gegenüberliegenden Straßenseite eines Friedhofs spielen, recherchehalber wochenlang nur mit Puffreis und *Vittel* im Rucksack in einem Krematorium übernachtet. Stephen Hawking hingegen besorgt sich alle Fakten ausschließlich mittels Google.

Gute Recherche ist also unerlässlich, um »den Brillanten zu polieren«.

Vorher: »Henry nahm die Schädeldecke ab, wischte seine komisch behandschuhten Hände an der Hose ab und ergriff dieses Dingens aus Metall.«

(Rohentwurf von Torsten Sträters »Roman mit irre spannendem Plot«, Arbeitstitel)

Nach eingehender Recherche: »Henry Schmitts saubere Hände ergriffen die Säge.« *(Fertiger Roman »Säge«, Selbstverlag, Erscheinen steht noch aus.)*

5. Das gesprochene Wort

Von tragender Wichtigkeit: die Dialoge.

Die Film- und auch die Literaturwelt sind voll von magischen Dialogen, ein weiterer Stein im Setzkasten echter Glaubwürdigkeit.

Dialoge leben (Achtung – brillantes Wortspiel!) von ihrer Lebendigkeit. Dass in *Gottes Werk und Teufels Beitrag* niemals das Wort »poppen« fiel, hat dem Buch eher geschadet. Film und Literatur zeigen bei aufmerksamem Konsum die Möglichkeiten auf.

Beispiel 1:

The Blues Brothers.

Jake: »Scheiße.«

Elwood: »Was Scheiße?«

Jake: »Die Bullen.«

Elwood: »Nein.«

Jake: »Ja.«

Elwood: »Scheiße.«

Beispiel 2

Frankenstein.

Kreatur: »Haaarrrrrssdd!«

Victor von Frankenstein: »Ja! Du lebst! Du lebst!«

Kreatur: »Haaaaarrrrrdddddssssd!«

Victor von Frankenstein: »Ich habe Gott versucht! Ich habe unbelebtes Fleisch auferstehen gemacht!«

Kreatur: »Harrssd.«

6. Der Plot

Der Kernpunkt aber ist eine gute, griffige, nicht ausgelutschte Story. Das ist so selbstverständlich, dass ein eigener Punkt überflüssig erscheint.

Man sollte Locations wie Spukschlösser, Friedhöfe, Gefängnisse, Polizeiwachen, Straßen, Häuser und Landschaften vermeiden.

Hat wirklich schon jeder in der Mangel gehabt.

Andererseits ist gerade das subtile Einstreuen vertrauter Dinge (siehe »Glaubwürdigkeit«) oftmals hilfreich, um dem stumpfen Konsumenten einen Eckpfeiler zu geben; ein Schlaglicht quasi, um ihn beim Lesen daran zu erinnern, dass am Ende dieser Lektüre sein albernes, trostloses Leben wartet.

Ein Beispiel-Exposé

Ein magischer Strahl aus dem All streift die Erde (hinlänglich bekannte Location, aber notfalls akzeptabel) und verwandelt alle Menschen in Gekröse. Nur zwei alte Damen bleiben verschont, ernähren sich von Vulkanschlacke und treffen in einem Paderborner (!) Schlecker-Markt (!) den Schöpfer allen Seins, der ihnen den Sinn des Lebens erklärt, und zwar, indem er ihn mit Fimo nachbaut.

Die beiden sind geläutert; eine schmissige Schlusspointe stellt die gesamte Storyline allerdings schockierend in Frage.

Das war es auch schon. Mehr ist es nicht.

So simpel kann es sein.

Ich hoffe, ich konnte hiermit ein für alle Mal mit den Halbwahrheiten und Gerüchten über die Anatomie erfolgreicher – und guter – Literatur aufräumen.

Den vollständigen Ratgeber können Sie zusammen mit meinem Bestseller *6000 Alternativen zum Adobe Acrobat Reader* downloaden (PDF-Format).

NACHWORT

~~So. Das war es. Schicht im Schacht.~~

~~Ich finde ja, es war ein Buch der leisen Töne – dessen Anliegen, das filigrane Ertasten der mattgrauen Zwischentöne und des Miteinanders auszuloten und die Haptik genuiner Gefühle spürbar zu machen, wirklich umfassend geglückt ist.~~

~~Das stimmt zwar nicht, klingt aber großartig.~~

~~Der Satz sieht aber grammatikalisch seltsam ungenau aus. Wenn dieser Text hier nicht mehr steht, hat der Lektor ihn »weggemacht«. Das ist der Fachausdruck.~~

~~In diesem Fall schreiben Sie bitte eine garstige Mail an CARLSEN~~.

Was ich eigentlich sagen wollte, ist: Schönen Dank.

Vielleicht sehen wir uns ja mal persönlich, wenn ich auf einem Poetry Slam bin, oder auf einer Lesebühne, oder wenn ich im Ein-Euro-Shop Reinigungsfeuchttücher für den Wageninnenraum kaufe, die übrigens immer teurer als ein Euro sind.

Würde mich freuen.

Ich finde auch, wir können uns jetzt duzen.

Also weißte Bescheid. Wenn was is ... und irgendwas ist ja bekanntlich immer … schön weitermachen. Das ist wichtig. Mache ich auch.

Bis die Tage,

Torsten Sträter

P.S.

Auf den nächsten Seiten findest du noch einen Text. Angestaubtes Ding, ohne richtige Handlung zudem, aber mit dem fing irgendwie alles an.

Samstags

Samstags hat meine Freundin mich verlassen – spontan. Und ich weiß nicht nur nicht, woran es lag, ich hatte auch durch den Umstand, dass ich mich eine knappe Woche zum X-Box-Spielen in mein Mehrzweckzimmer zurückgezogen hatte, nicht mitgekriegt, dass sie überhaupt weg war.

Vielleicht hab ich zu sehr geklammert.

Soll jetzt auch keine Rolle spielen.

Ich kam also aus dem Zimmer hervor und ein nicht unbeträchtlicher Teil der Möblierung war nicht mehr da.

Kurz darauf fiel mir auf, dass auch die üblicherweise zwischen den Möbeln wuselnden Lebensformen abwesend schienen: Katze, Freundin. Weg.

Wo ihr Kleiderschrank gewesen war, sah ich nun Tapete; dafür fand ich einen Zettel. ICH BIN WEG.

Das musste der Wahrheit entsprechen. Meine Kurzinventur hatte immerhin Ähnliches ergeben.

Ich steckte mir eine an.

Dann, plötzlich, brach ich zusammen, erkannte alle meine Fehler und schwor, es wiedergutzumachen, es nie wieder so weit kommen zu lassen.

Und ich zog es durch, änderte mich von Grund auf, wurde in vieler Hinsicht besser, sensibler, offen für die doch so offensichtlichen und wichtigen Belange der Frauen.

Nachdem ich irgendwann diesen schmerzhaften Prozess mit all seinen Konsequenzen durchlebt und verarbeitet hatte, drückte ich die Zigarette aus und ging ins Wohnzimmer.

Auch hier: Fernseher da, Untertisch weg. Was für eine Frechheit.

Sie hätte ruhig mal anklopfen können. Immerhin hatten wir uns geliebt, und da sollte die Frau des Lebens sich nicht durch Türschilder wie »Klopfen – Kopf ab« daran hindern lassen.

Ich haderte mit Gott. Seine Stellungnahme fiel eher einsilbig aus. War ich wirklich selbst schuld?

Nein. Es waren die Programmierer dieses Ballerspiels, in deren Erzeugnis eine Tötungsmission wie die andere aussah, weswegen ich das Spiel viermal durchgespielt hatte, ohne es zu merken. Satte Wohlstands-Amerikaner hatten meine Beziehung ruiniert, weil sie nicht über die Fähigkeit verfügten, im Spiel Hinweise einzublenden wie »Ey, Spiel ist fertig« oder »Geh mal vor die Tür, da baut einer 'n Schrank ab!«.

Jedenfalls war sie weg. Das war ein Samstag.

Ich beschloss aber an einem Samstag, etwas für meine Autorenkarriere zu tun, spazierte zu Buch Habel und bestellte inkognito Bücher von mir, weil dieses Traditionshaus meist keines vorrätig hat, da sie den gesamten Platz für Bücher benötigen, in denen Katzen mit Adelstiteln verworrene Kriminalfälle lösen. Ich ordere meine eigenen Sachen unter falschem Namen, hole die Bücher nie ab und sie wandern ins Regal. Und warten.

»Guten Morgen. Haben Sie diesen Bestseller ...«

»Welchen meinen Sie?«, fragt die Dame am Computer.

»Von dieser Lichtgestalt ... ich komm nicht drauf.«

»Ah«, lächelt sie, »Frank Schätzing. Der Schwarm?«

»Der macht doch diese Bücher mit Wasser und so. Den meine ich nicht. Ich weiß! Irgendwas mit trä. Fängt mit S an, meine ich. Hört, wenn ich mich recht erinnere, mit ter auf.«

»Später?«, fragt sie.

»Sträter«, sage ich, »genau.«

Sie runzelt die Stirn. »Kenne ich so nicht.«

Lernst du gleich kennen, denke ich.

»Ich kann mal im Computer schauen«, sagt sie, dann:

»Ja hier. Wir hatten mal eins.«

Ich weiß, denke ich. Vom 2. Juli 2005 bis 26. Januar 2006. Dann hat es irgendwer aus Versehen gekauft.

»Schön. Bestellen Sie es mir?«

»Eins?«, fragt sie, ohne aufzusehen.

»Achtzig«, gebe ich ruhig zurück.

Nun blickt sie auf.

»Vier, meine ich. Ich hatte verstanden, Sie wollten meinen Ruhepuls wissen.«

»Vier?«

»Ja klar.«

»Ihr Name bitte?«

»Sinclair«, sage ich.

Sie sieht mich lange an.

»Nicht englisch geschrieben. Das wäre ja wohl der passende Name für eine Katze, die Kriminalfälle löst. Schreibt sich, wie man's spricht. Sinckleer. Mit Doppel-E. Horst.«

»Horst Sinckleer?«

In diesem Moment klatscht mir eine Hand auf die Schulter und die tönende Stimme meines Arbeitskollegen Helmut erfüllt die Hallen.

»Sträter, alte Pottsau.«

»HA!«, belle ich. »Bestell ich gerade, diesen Strä-ter. Sowas. Mensch. Nenn mich Ismael. Wie läuft's? Alle Fußnägel noch dran?«

»Torsten Sträter«, sagt er tadelnd. »Hast du gesoffen?«

»Herr Sinkleer?«, fragt die Angestellte.

»Was?«, fragt Helmut.

»Was hast du denn da für ein Buch«, überbrülle ich die sich unschön klärende Situation, und Helmut hält es hoch. Ah, denke ich, wieder so ein Zwitterprodukt. Eine Mischung aus den beiden Genres, mit denen man den Deutschen momentan immer kommen kann: Fußball und Fantasy. Es heißt *Der zwölfte Mann ist der Ball, der Zehnte ist ein Elf.*

Die beiden starren mich an. Ich muss was tun, also sage ich im Ton eines WDR4-Moderators:

»Ich muss mal scheißen, Herrschaften.«

Die entstandene Wirkungspause nutze ich zur Flucht. An jedem anderen Wochentag wäre das in die Hose gegangen.

Die Supermarktkette REAL hat samstags bis 22 Uhr geöffnet. Dort beschließe ich gern meinen Sonnabend.

Und zwar an der Fleischtheke.

Da zumeist nur sehr wenige Kunden anwesend sind, kann man sich ohne Weiteres erlauben, mit dem Fleisch zu sprechen.

»Es tut mir leid«, murmele ich, den Blick ins Innere der Fleischtheke geheftet. »Es tut mir leid, Kitty.«

Diesem Satz folgt zumeist die direkte Ansprache der Verkäuferin.

»Das da«, sage ich dann, »war Kitty. Sie war meine Kuh. Ich bin mit ihr groß geworden. Ich habe sie geliebt. Morgens, wenn ich mit bloßen Füßen über die taunasse Wiese lief, hörte ich sie schon muhen. Kitty, meine Kitty.«

Ich schluchze kurz, habe mich ansonsten aber bemerkenswert im Griff.

Die Verkäuferin hebt die Hand, aber ich würge sie harsch ab.

»Ja. IHNEN bedeutet sie nichts! Ist schon klar! Sie waren nicht dabei, als ich Nivea auf ihre entzündeten Zitzen auftrug. Sie waren woanders, tanzen vermutlich, zu Peter Kraus oder irgendeinem anderen Kretin, der nicht weiß, wann Schluss ist. Sie haben schweigend hingenommen, dass Kitty der Garaus gemacht wurde, vermutlich von einem stumpfen Schlächter, mit dem Sie sich zu trostlosen Schäferstündchen in der Kühlkammer treffen, wenn Sie mal wieder das erbärmliche Muhen in Ihrem Schädel nicht ertragen. Sie haben es nicht gesehen … das Glück in ihren Augen, wenn sie mich erkannte. Liebe! Richtige Liebe, nicht nur ein Instinkt. Da war mehr!«

»Das ist Schwein«, sagt die Verkäuferin, und mir wird klar, dass man auch ab und zu danebenliegt.

Aber samstags macht mir das nichts aus.